Diogenes Taschenbuch 20200

Molière

Die Schule der Frauen

Kritik der ›Schule der Frauen‹

Die Schule der Ehemänner

Drei Komödien
Neu übertragen von
Hans Weigel

Diogenes

Hans Weigels Neuübertragung der ›Schule der Frauen‹
erschien 1964 als Einzelausgabe im Diogenes Verlag.
Die Neuübertragung der zwei anderen
Komödien erschien 1982 erstmals in Buchform
Der Buchschmuck ist der ersten Gesamtausgabe
der Werke Molières, Paris 1682, entnommen.

40/88/8/3
ISBN 3 257 20200 8

Inhalt

Die Schule der Frauen

(L'École des Femmes)

Komödie in fünf Akten

A André Roussin
qui m'a aiguillé
vers l'adaptation
de Molière

L'ESCOLE DES FEMMES

Personen

ARNOLPHE (Herr de la Souche)
AGNÈS, ein unschuldiges Mädchen, Tochter des Enrique, von Arnolphe erzogen
HORACE, Sohn des Oronte, in Agnès verliebt
CHRYSALDE, Freund Arnolphes
ENRIQUE, Schwager Chrysaldes, Vater der Agnès
ORONTE, Vater des Horace, Freund Arnolphes
ALAIN, Bauer, Diener Arnolphes
GEORGETTE, Bäuerin, Dienerin Arnolphes
EIN NOTAR

Die Handlung begibt sich auf einem Platz in einer Stadt

Die endgültige Fassung dieser Übersetzung dankt wesentliche Verbesserungen einer sehr produktiven Zusammenarbeit mit Ivan Nagel anläßlich der Aufführung in den Münchener Kammerspielen.

H. W.

Erster Akt

Erste Szene

Chrysalde, Arnolphe

CHRYSALDE

Verstehe ich Sie recht? Sie kommen, um zu frei'n?

ARNOLPHE

Ja, morgen muß die Sache schon unter Dache sein.

CHRYSALDE

Wir sind hier ganz allein, uns frei und ungestört
Zu unterhalten, da uns kein dritter sieht und hört;
So darf und kann und will ich Ihnen nicht verhehlen,
Weil ich Ihr Freund bin, daß mich die ärgsten Zweifel quälen:
Wie immer Sie es wenden, es wird gefährlich bleiben,
Ein kühnes Abenteuer, daß Sie sich jetzt beweiben.

ARNOLPHE

Wahrscheinlich, lieber Freund, gibt eigene Erfahrung
Den Ängsten um mein Los in Ihrem Herzen Nahrung,
Von Ihrem eigenen Haupt her belieben Sie zu schließen,
Daß auf der Gatten Stirnen unfehlbar Hörner sprießen.

CHRYSALDE

Das Schicksal läßt sie wachsen, und niemand weiß, warum;
Wer sie besessen fürchtet, wirkt drum nur doppelt dumm,
Doch im besondern Fall kommt meine Angst um Sie
Von Ihrer hundertfach geübten Ironie;

Die Männer hier im Umkreis, ob alte oder junge,
Sind ja seit eh und je die Opfer Ihrer Zunge,
Denn die bewußten Übel, an denen Gatten leiden,
Ziehen Sie ans Tageslicht, um sich daran zu weiden.

ARNOLPHE

Ich kenn' auch keine Stadt, wo Männer derart blind,
So sanft, so lammsgeduldig wie unsere Gatten sind.
Wo sieht man sie wie hier, begierig und in Mengen,
Sich um die schnöde Rolle bewerben, förmlich drängen?
Der eine scheffelt Geld, auf daß es unverweilt
Die Gattin mit dem dritten im Bunde treulich teilt,
Dem andern bleibt sein Gut und nur die Ehre schwindet,
Da er in seinem Haus so viele Gaben findet,
Die man der Tugendreichen verehrungsvoll erweist,
Und keinerlei Verdacht beschattet seinen Geist.
Der eine regt sich dauernd, doch völlig nutzlos auf,
Der andre läßt den Dingen gelassen ihren Lauf;
Wenn sich an seiner Schwelle der Freund der Gattin zeigt,
Greift er nach seinem Mantel und Hut und geht und schweigt.
Die eine beichtet schlau: Es ist ein andrer da,
Und sagt nur, was er will, und sagt nicht, was geschah;
Der Gatte atmet auf und ist sogar gerührt,
Voll Mitleid, weil des Werbers Bewerbung zu nichts führt,
Die andere treibt Aufwand, sie lebt in großem Stil,
Ihn zu erklären, sagt sie: Ich habe Glück im Spiel,
Der Gatte fragt nicht, welches das Spiel sei, das sie treibe,
Und betet, daß sie weiter vom Glück gesegnet bleibe ...
Kurzum, wohin man blickt: nur Stoffe für Satiren,
Da soll man sich als Zaungast nicht herzlich amüsieren
Und über so viel Dummheit ...

CHRYSALDE

Doch wer sich lustig macht,
Riskiert, daß man's ihm gleichtut, daß man auch ihn verlacht;
Ich, lieber Freund, ich höre ja auch, was Leute sagen,
Die es nicht lassen können, den Klatsch herumzutragen,
Doch was mir da auch immer zu Ohren kommt in Mengen,

Werd' ich nie im Triumph an die große Glocke hängen,
Ich halte mich zurück, wenn ich auch dann und wann
Ein bißchen Schadenfreude nur schwer verbergen kann.
Da mich zu meinem Glück die Schicksalsschläge meiden,
An denen andere Gatten so gottergeben leiden,
Vermeid' ich es, zu sticheln, zu spötteln, stolz zu strahlen,
Aus Angst, man könnte mir mit gleicher Münze zahlen.
Denn wer darf damit rechnen, daß er, just er, bewahrt bleibt,
Daß ihm, was allen anderen beschieden ist, erspart bleibt?
Wird einmal vom Geschick, das unser Los gestaltet,
Einst auch auf meiner Stirn ein böser Schmuck entfaltet,
Dann hat mir mein Prinzip den Vorteil eingebracht,
Daß man, so hoffe ich, nur im verborgenen lacht,
Ja, daß vielleicht sogar – mein Hoffen geht sehr weit –
Der eine oder andere gar sagt: Er tut mir leid.
Für Sie jedoch, mein Bester, ist derlei nicht zu hoffen,
Sie schweben in Gefahr, ich sag' es Ihnen offen,
Weil Sie den Ehemännern, die arge Dinge dulden,
Nach Ihrer Meinung reichlich viel Gift und Galle schulden:
Sie pflegen wie ein Wilder auf andere loszugehen,
Sie müssen darum fest auf beiden Beinen stehen,
Wenn andere gegen Sie mit Pauken und Trompeten
Beim kleinsten Anhaltspunkt in die Arena treten
Und ...

ARNOLPHE

Nein, mein Freund, Sie können sich Ihre Ängste sparen,
Ich bleib' in dieser Hinsicht bewahrt vor den Gefahren,
Ich kenne die subtilen, verschlagenen und schlauen
Methoden und Finessen und Praktiken der Frauen,
Mich trügt man nicht durch Finten, mich narrt man nicht durch [List,
Weil mir das rechte Mittel dagegen sicher ist:
Die Gattin, die ich wähle, ist einfältig genug,
Die Stirn mir zu bewahren vor jedem bösen Schmuck.

CHRYSALDE

Sie meinen, daß sie dumm ist und daß sie eben drum ...

ARNOLPHE

Gewiß! Wer Dummheit wählt, ist drum nicht selber dumm.
Ich glaube Ihnen gern, daß Ihre Gattin klug ist,
Doch weckt das meinen Argwohn, wenn's auch ein schöner
[Zug ist,
Und mir ist's wohlbekannt, daß reiche Geistesgaben
Der Frauen manchen Mann schon oft geschädigt haben;
Soll ich mir eine nehmen mit hohen Ambitionen,
Die in Gesellschaft geht, flaniert, statt brav zu wohnen,
Die zärtliche Episteln voll Poesie verfaßt,
Barone, große Geister sind gern bei ihr zu Gast,
Indes ich nur als Gatte der Dame figuriere,
Im Schatten, kaum bemerkt, bescheiden vegetiere?
Nein, nein, in solche Höhen zu steigen, macht mir bange,
Ein Weib mit Geistesgaben ist mehr, als ich verlange,
Die meine soll nicht wissend, gebildet, gar gelehrt sein,
Soll auch von keiner Kenntnis der Poesie beschwert sein,
Und spielt man Pfänderspiele und sucht den Reim auf »Herz«
Und kommt an sie die Reihe, dann soll sie sagen »Sterz«.
Ich wünsche mir nichts weiter als: daß sie ihrem Mann
Gehorchen, daß sie beten und handarbeiten kann.

CHRYSALDE

So haben Sie den Ehrgeiz, ein dummes Weib zu frei'n?

ARNOLPHE

Ja, lieber soll sie scheußlich und arm im Geiste sein,
Als daß sie Witz und Scharfsinn zu äußeren Reizen fügt.

CHRYSALDE

Doch Schönheit und Verstand sind ...

ARNOLPHE

Anständigkeit genügt.

CHRYSALDE

Und ist sie derart dumm, wie soll sie denn erkennen,
Was Sie von ihr begehren und was Sie Anstand nennen?
Ganz abgesehen davon, daß es wohl ziemlich öd ist,
Sein Leben zu verbringen mit einer Frau, die blöd ist!
Und sind Sie so gewiß: ist mangelhaftes Hirn

Der Gattin auch ein Schutz für ihres Gatten Stirn?
Wenn eine Frau mit Geist die Pflicht verletzt, nun gut,
Dann wird sie doch zumindest das wollen, was sie tut,
Die Dumme aber, weil sie den rechten Weg nicht sieht,
Verirrt sich ungewollt, weiß kaum, wie ihr geschieht.

ARNOLPHE

Auf dieses Argument find' ich die Antwort schnell
Bei Rabelais, ich sage, ganz wie Pantagruel:
Sie reden auf mich ein. Mich schert's nicht im geringsten,
Und redeten Sie selbst in einem Zug bis Pfingsten,
Sie werden sehr erstaunt sein, wenn Ihre Predigt schließt,
Daß meine Meinung bleibt, wie sie gewesen ist.

CHRYSALDE

So sage ich kein Wort mehr.

ARNOLPHE

Ich handle mit Methode,
Als Freier wie auch sonst, ich geh' nicht mit der Mode,
Mein Wohlstand ist so groß, daß ich so wählen kann,
Wie's längst schon vorbestimmt war in meinem großen Plan:
Die Frau, die von mir abhängt und niemals ihrem Mann
Geburt, Vermögen, Stand zum Vorwurf machen kann.
Ich sah sie, sanft und blond, in einer Kinderschar
Und war von ihr bezaubert, als sie vier Jahre war;
Die Mutter lebte ärmlich, war mir bald gutgesinnt,
Ich sorgte für die Kleine, als wäre sie mein Kind.
Der guten Bäuerin war das gewiß willkommen,
So wurde ihr die schlimmste Bedrängnis ja genommen:
In einem kleinen Kloster, vom Lärm der Welt entfernt,
Ließ ich das Kind erziehen, doch hat sie nur gelernt,
Was ich den Lehrern vorschrieb, um ganz in meinem Sinn
Zur reinen Idiotin dereinst heranzublüh'n.
Ich wartete geduldig, und die Erfüllung kam:
Sie blieb in all den Jahren unschuldig wie ein Lamm,
Ich schickte Dankgebete zum Himmel, denn ich fand
Ein Weib, wie ich es wollte, ein Weib ohne Verstand.
Da nahm ich sie zu mir. Jedoch in meinem Haus

Gehen Leute aller Art tagtäglich ein und aus,
In meiner zweiten Wohnung hab' ich sie drum versteckt,
Wo niemand mich besucht; hier bleibt sie unentdeckt –
Um ihre Herzenseinfalt und Reinheit zu bewahren,
Nahm ich nur Leute auf, die gleichfalls Simpel waren.
Sie fragen wohl, weshalb ich alles das erzähle,
So ausführlich den Weg beschreibe, den ich wähle?
Daß er ans Ziel mich führte, das kann ich gleich beweisen,
Sie sollen mit mir und ihr noch heut' zu Abend speisen,
Sie sollen sie kennenlernen, dann mögen Sie entscheiden,
Ob Sie mein Tun verdammen, mich um mein Glück beneiden.

CHRYSALDE

Ich komme gern.

ARNOLPHE

Sie werden bei diesem Abendessen
Die Unschuld ihres Wesens gewiß sogleich ermessen.

CHRYSALDE

Was das betrifft, Sie haben mir ja genau beschrieben,
Wie sehr . . .

ARNOLPHE

Sie werden sehen: Ich hab' nicht übertrieben.
Hätt' ich's nicht selbst erlebt, ich wagt' es kaum zu sagen;
Erst jüngst kam sie zu mir, ganz wirr, um mich zu fragen,
Mit einem Unschuldsblick, dem nichts auf Erden gleicht,
Woher die Kinder kommen – ob aus dem Ohr vielleicht?

CHRYSALDE

Verehrter Herr Arnolphe, es soll mich wirklich freuen . . .

ARNOLPHE

Warum der alte Name? Sie kennen meinen neuen.

CHRYSALDE

Sie heißen de la Souche, ich weiß, doch denk' ich nie
Als de la Souche und stets noch als Arnolphe an Sie,
Wie konnten Sie sich denn – verzeihen Sie – so verrennen,
Als Mann in Ihren Jahren sich plötzlich neu zu nennen,
Nach einem morschen Baum auf Ihrem Herrensitz?
Der Baumstamm wird zum Stammbaum – das ist kein guter Witz!

ARNOLPHE

Mein Gut heißt längst La Souche, der Name hat Gewicht,
Herr de la Souche, das klingt – Arnolphe gefällt mir nicht.
Sie kennen Sankt Arnolphe als Schutzpatron der Gatten,
Die durch die Frauen Schimpf und Schmach zu dulden hatten,
Arnolphe lädt förmlich ein, zu Sankt Arnolphe zu klagen,
Arnolphe klingt wie Betrogener – mehr muß ich wohl nicht [sagen.

CHRYSALDE

Doch bleibt's Vermessenheit, die Väter zu verleugnen,
Sich, wie man Kleider wechselt, auch Namen anzueignen,
Sie sind jetzt Herr vom Baumstamm, ich möchte Sie nicht [kränken,
Doch muß ich an den Bauern, der jüngst noch Pierre hieß, denken,
Auch ihm mißfiel sein Name, den Spaten nahm er drum,
Rund um sein kleines Gütlein führt' er den Bach herum,
Mit stolzgeschwellter Brust nennt sich der Einfaltspinsel
Statt Pierre nun Herr de L'Ile – er heißt Herr von der Insel.
Dies Beispiel zeigt . . .

ARNOLPHE

. . . mir klar: Sie können taktlos sein,
Doch bleib' ich de la Souche, man füge sich darein;
Ich hab's wohl überlegt, dann faßt' ich den Entschluß,
Und wer mich anders nennt, bereitet mir Verdruß.

CHRYSALDE

Geht's nicht den meisten so, wie's mir geht? Sie vergessen.
Ich sehe ja sogar auf Briefen als Adressen . . .

ARNOLPHE

Den Menschen ohne Schliff muß ich das wohl verzeihen,
Doch Sie . . .

CHRYSALDE

Genug davon! Ich hasse Streitereien
Und werde fleißig üben und streng' mich redlich an,
Bis ich »Herr de la Souche« geläufig sagen kann.

ARNOLPHE

Jetzt muß ich in mein Haus – verzeihen Sie, wenn ich klopf'.

CHRYSALDE *sich zum Gehen wendend*
Der Starrsinn, fürchterlich! Er hat ein Brett vorm Kopf!

ARNOLPHE
Man kann nicht mit ihm reden – der Starrsinn, fürchterlich!
Er hat ein Brett vorm Kopf – der Ärmste dauert mich!
Holla!

Zweite Szene

Alain, Georgette, Arnolphe

ALAIN
Wer klopft?

ARNOLPHE
Macht auf!
für sich Sie strahlen gewiß vor Glück,
Zehn Tage war ich fort, und nun kam ich zurück.

ALAIN
Wer ist's?

ARNOLPHE
Ich bin's.

ALAIN
Georgette!

GEORGETTE
Was willst du?

ALAIN
Öffne du!

GEORGETTE
Geh selber!

ALAIN
Warum ich?

GEORGETTE
Ich laß' die Türe zu!

ALAIN
Ich laß' sie auch zu.

ARNOLPHE

Wird's bald? Wie lang steh' ich noch da?
So öffnet schon die Türe! Alain – Georgette – holla!

GEORGETTE

Wer klopft?

ARNOLPHE

Der Herr.

GEORGETTE

He!

ALAIN

Was?

GEORGETTE

Der Herr ist's, geh doch hin!

ALAIN

Warum gehst du nicht selber?

GEORGETTE

Ich heize den Kamin.

ALAIN

Ich muß den Vogel hüten, den sonst die Katze frißt.

ARNOLPHE

Wer nicht auf eins-zwei-drei hier bei der Türe ist,
Der muß vier Tage fasten. Ich zähle: eins und zwei
Und . . .

GEORGETTE

Bleib doch, wo du bist, ich komme schon herbei.

ALAIN

Bleib du doch, wo du bist – sonst bleibt die Türe zu.

GEORGETTE

Geh fort!

ALAIN

Geh fort!

GEORGETTE

Nein, du!

ALAIN

Nein, du!

GEORGETTE

Nein, du!

ALAIN

Nein, du!

GEORGETTE

Laß mich die Türe öffnen!

ALAIN

Ich öffne sie – laß *mich*!

GEORGETTE

Wenn du mich nicht läßt, werd' ich dich hindern!

ALAIN

Und ich dich!

ARNOLPHE

Ein Glück, daß ich so friedlich und so geduldig bin.

ALAIN *tritt auf*

Ich bin's! Ergebener Diener!

GEORGETTE *tritt auf*

Ergebene Dienerin!

Ich bin's!

ALAIN

Wär' unser Herr jetzt nicht dabei, beim Himmel,
Ich wollte . . .

ARNOLPHE *bekommt einen Schlag von Alain*

Au!

ALAIN

Verzeihung!

ARNOLPHE

Seht mir doch diesen Lümmel!

ALAIN

Sie, gnädiger Herr, sie hat . . .

ARNOLPHE

So schweigt doch beide still
Und laßt mich endlich fragen, was ich euch fragen will.
Wie geht es hier im Haus – es ist doch niemand krank?

ALAIN

während Arnolphe ihm dreimal den Hut vom Kopf nimmt
Es geht . . . es geht uns Gott . . . es geht uns Gott sei Dank . . .
Es geht . . .

ARNOLPHE

Wer lehrte dich, du unverschämter Blödel,
Zum gnädigen Herrn zu sprechen, den Hut auf deinem Schädel?!
Er haut ihm den Hut vom Kopf.

ALAIN

Ihr habt ganz recht – verzeiht!

ARNOLPHE *zu Alain*

Hol mir Agnès hierher.
Zu Georgette Als ich das Haus verließ, da trauerte sie sehr?

GEORGETTE

Sehr? Nein.

ARNOLPHE

Nein? Warum nicht?

GEORGETTE

Sie hat sich nicht gegrämt –
Nein, mehr gefreut!

ARNOLPHE

Wieso?

GEORGETTE

Daß Ihr bald wiederkämt.
Sie hat ihr Ohr gespitzt, und ging hier irgendwer
Vorbei mit einem Esel, dann rief sie froh: Der Herr!

Dritte Szene

Agnès, Alain, Georgette, Arnolphe

ARNOLPHE

Die Arbeit in der Hand – Agnès, das lob' ich mir!
Sei mir gegrüßt, mein Kind, nun bin ich wieder hier.
Bist du darob erfreut?

AGNÈS

Jawohl, mein Herr, oh, ja.

ARNOLPHE

Und mich freut's, dich zu sehen, gern bin ich wieder da.
Du bist vergnügt und frisch, mein Kind, soviel ich sehe.

AGNÈS

Ja, Herr, sehr frisch bei Tag – nachts quälten mich die Flöhe.

ARNOLPHE

Sehr bald ist wer bei dir und jagt sie von dir fort.

AGNÈS

Oh, das wird herrlich sein!

ARNOLPHE

Das glaub' ich dir aufs Wort.
Was tust du da?

AGNÈS

Ich stricke mir Häubchen für die Nacht,
Die Jäckchen und die Mützchen für Euch sind schon gemacht.

ARNOLPHE

Nein, dieser Bienenfleiß! Du bist ein braves Kind –
Geh hübsch ins Haus zurück, ich folge dir geschwind
Und werde dir dann Großes und Wichtiges vertrauen.
Alle drei gehen ins Haus.
O du galante Welt, o ihr gelehrten Frauen,
Ihr zärtlichen Preziösen, ihr schwärmerischen Schönen
Mit eurer Poesie in wohlgesetzten Tönen,
Ich geb' all euren Geist und Witz, ihr Modedamen,
Für diese holde Keuschheit und süße Unschuld, Amen!

Vierte Szene

Horace, Arnolphe

ARNOLPHE

Uns blenden Geld und Gut mit ihrem falschen Schein,
Die Ehre aber bleibt ... was seh' ich? Ist das ... Nein!
Ich täusche mich ... Er ist's nicht? – Doch, er ist's sicherlich!
Hor ...

HORACE

Ar ...

ARNOLPHE

Horace!

HORACE

Arnolphe!

ARNOLPHE

Horace, wie freu' ich mich!

Wann sind Sie angekommen?

HORACE

Schon vor neun Tagen.

ARNOLPHE

Ja?

HORACE

Ich suchte Sie gleich auf, doch waren Sie nicht da.

ARNOLPHE

Ich war verreist.

HORACE

Ich kam um einen Tag zu spät.

ARNOLPHE

Nein, wie die Kinder wachsen! Nein, wie die Zeit vergeht!
Ich seh' Sie an und staune und frag': Wo ist das Kind?
Weil Sie vor kurzem noch *so* klein gewesen sind.

HORACE

Man wächst!

ARNOLPHE

Weiß Gott – jedoch Ihr werter Herr Papa,
Mein hochgeschätzter Freund, steht meinem Herzen nah,
Oronte, ist er wohlauf, mein Lieber, Alter, Guter,
Ist er noch frisch und munter? Wie geht es ihm? Was tut er?
Schon seit vier Jahren sind wir einander ferngeblieben
Und haben – unverzeihlich – auch keinen Brief geschrieben.

HORACE

Mein Vater ist noch frischer und munterer als wir,
Ich habe einen Brief von ihm an Sie bei mir.
Doch seither kam ein zweiter, in dem tut er mir kund,
Daß er sehr bald hierher reist, ich ahne nicht den Grund.
Sie kennen einen Mann – ein Bürger dieser Stadt –
Der in Amerika viel Geld gescheffelt hat –
Er kommt nach vierzehn Jahren zurück ins Vaterland . . .

ARNOLPHE

Wie heißt der Mann?

HORACE

Enrique.

ARNOLPHE

Er ist mir nicht bekannt.

HORACE

Mein Vater schreibt von ihm und seiner Wiederkehr,
Als ob ich über ihn genau im Bilde wär',
Er reist mit ihm zusammen – so lautet der Bericht –
Sie haben Großes vor – doch was, das schreibt er nicht.
Er gibt ihm Orontes Brief.

ARNOLPHE

Den Guten hier zu sehen, werd' ich mich herzlich freuen,
Nach Kräften will ich ihn bewirten und betreuen.
Er liest den Brief.
Man muß doch unter Freunden nicht so formell
[verfahren,
Er sollte sich die Floskeln und Komplimente sparen,
Sie könnten selbstverständlich ganz über mich verfügen,
Auch ohne diesen Brief – es ist mir ein Vergnügen.

HORACE

Gut, ohne Komplimente – ich nehme Sie beim Wort –
Dreihundert Taler brauch' ich – nach Möglichkeit sofort.

ARNOLPHE

Der Zufall hat's mit Ihnen besonders gut gemeint,
Ich hab' das Geld sogar bei mir. Hier ist's, mein Freund. –
Behalten Sie den Beutel.

HORACE

Ich will ...

ARNOLPHE

Nein, kein Papier!
Erzählen Sie mir lieber: Wie finden Sie es hier?

HORACE

Die Stadt ist voller Leben, an schönen Bauten reich,
Was Amüsement betrifft, kommt ihr wohl keine gleich.

ARNOLPHE

Ein jeder sucht Vergnügen nach seinem Temperament,
Doch was man so im Volksmund die Schürzenjäger
[nennt,
Für die ist unsere Stadt ein schönes Jagdrevier,
Gewissenlos, kokett sind alle Frauen hier,
Entgegenkommend, willig für jeglichen Bewerber,
Und unsere Ehegatten sind keine Spielverderber,
Man muß nur Augen haben, dann amüsiert man sich
Wie bei den Komödianten, ja, wahrhaft königlich.
Am Ende sind auch Sie bereits vom Glück gesegnet,
Sind einer wunderschönen und jungen Frau begegnet;
Sieht man so aus wie Sie, lohnt sich die Jägerei,
Und als Trophäe winkt manch stattliches Geweih.

HORACE

Ich sag' es, wie es ist, warum sollt' ich's bestreiten,
Mir winken hier wohl bald geheime Zärtlichkeiten,
Da wir befreundet sind, weih' ich Sie auch gern ein.

ARNOLPHE

Das wird wohl neues Wasser auf meine Mühle sein:
Pikant und skandalös – gewagt, Sie wissen, wie!

HORACE

Nur: strengste Diskretion!

ARNOLPHE

Mein Freund, ich bitte Sie!

HORACE

Sie wissen ja wie ich: bei solcherlei Affären
Kann ein verfehltes Wort den schönsten Plan zerstören.
Doch sei es Ihnen nun ganz rückhaltlos vertraut:
Sie ist bezaubernd schön – ich habe mich verschaut.
Die ersten Liebesdienste nahm sie so freundlich an,
Daß ich mit ihrer Gunst und Neigung rechnen kann,
Ich will nichts übereilen, ich will nichts übertreiben,
Doch hoffe ich, nicht lange mehr unbelohnt zu bleiben.

ARNOLPHE *lachend*

Wer ist's?

HORACE

Ein junges Ding, sie wohnt in diesem Haus –
Er zeigt auf das Haus, in dem Agnès wohnt.
Mit seiner roten Mauer sieht es recht stattlich aus,
Sie ist naiv und scheu, das hat ein Mensch bewirkt,
Der sie brutal und grausam vor aller Welt verbirgt,
Und trotzdem – ja, vielleicht darum nur um so mehr –
Ist sie ein wahres Kleinod, bezaubert mich gar sehr,
Ein zartes, holdes Wesen, dem man sich nicht entzieht,
Ein Reiz, ein Zauber, dem kein fühlend Herz entflieht;
Vermutlich haben Sie den Engel ja geseh'n,
So zierlich, zärtlich, zag, so still, so sanft, so schön.
Sie heißt Agnès.

ARNOLPHE *für sich*

Mich trifft der Schlag!

HORACE

Agnès, und er
Heißt Bouche, Mouche oder Douche – ich merk' mir Namen [schwer.
Er ist ein reicher Mann, so ließ ich mir erzählen,
Doch nur an Geld und Gut. Im Kopf, da soll's ihm fehlen,
Sie kennen ihn gewiß, er gilt, ließ ich mir sagen,
Als komische Figur.

ARNOLPHE *für sich*

Wie soll ich das ertragen?!

HORACE

Was meinen Sie?

ARNOLPHE

Ich – was? Ob ich ... ach so ... das heißt ...

HORACE

Ist er ein Dummkopf?

ARNOLPHE

Ach ...

HORACE

Sie zögern; das beweist:
Sie widersprechen nicht. Dann stimmen die Geschichten,

Er ist ein eitler Greis, so ließ ich mir berichten.
Agnès jedoch, der Engel, hält nun mein Herz gefangen,
Sie weckte mein Gefühl, mein liebendes Verlangen
So sehr, daß es mir fast wie eine Sünde schien',
Sie diesem alten Narren nicht schleunigst zu entzieh'n.
Ich kenne nur ein Ziel: mit allen meinen Kräften
Will ich mich, ihm zum Trotz, an ihre Fährte heften,
Das Geld, das Sie mir liehen, will ich dazu verwenden,
Mein großes gutes Werk erfolgreich zu beenden.
Sie wissen ja, wie ich's weiß, vermutlich sogar besser:
Das Geld baut goldne Brücken, es sprengt die stärksten Schlösser,
Man zeige mir die Festung, die unerobert bliebe,
Wenn Geld den Angriff führt – im Krieg wie in der Liebe!
Doch, lieber Freund, was seh' ich? Was gibt's? Sie sind [betroffen –
Mißfällt Ihnen mein Plan? Das will ich doch nicht hoffen!

ARNOLPHE

Nein, nein, nur ...

HORACE

Ihre Zeit will ich nicht länger stehlen,
Ich suche Sie bald auf; jetzt muß ich mich empfehlen.
Falscher Abgang.

ARNOLPHE *sich allein glaubend*

So muß ich ...

HORACE *zurückkommend*

Eines noch: kein Wort und keinen Ton,
Verschwiegen wie ein Grab, die strengste Diskretion!

ARNOLPHE *wie oben*

Ich kann nicht mehr! Mein Herz ...

HORACE *wie oben*

Auch wenn mein Vater käm',
Weil er mir meinen Streich am Ende übelnähm'! *Er geht.*

ARNOLPHE

O Gott! *Vergewissert sich, ob Horace noch einmal zurückkommt.*
O Gott, was ta ... *wie oben*

was tatest du mir an?!
Ein solcher Schicksalsschlag traf wohl noch keinen Mann!
Daß dieser Kerl so schnell und völlig ohne Scham
Sein Abenteuer mir, just mir erzählen kam!
Mein neuer Name macht, daß er sich in mir irrt,
Doch sah ich keinen noch so frech, so ungeniert.
Ich mußte stumm und wehrlos, mit freundlichem Gesicht
Erfahren, was er sich von meiner Braut verspricht.
Auf daß er nicht Verdacht schöpft, mit Hinweisen nicht spart,
Mir bis zum bittern Ende den Handel offenbart,
Muß ich ihn wiederfinden – er wird noch nahe sein
Und weiht mich ohne Rückhalt in seine Pläne ein.
Ihm nach! Schnell auf den Weg zu dem verwünschten Ziel –
Das Unglück muß ich suchen, das ich nicht finden will.

Zweiter Akt

Erste Szene

Arnolphe

ARNOLPHE

Bedenk' ich es genau, war's nicht ohne Verstand,
Daß ich den Kerl umsonst verfolgte, ihn nicht fand,
Der Sturm in meinem Innern, mein Zürnen und mein Bangen,
Sie wären seinem Blick ja doch wohl kaum entgangen,
Den Grimm, der an mir frißt, hätt' ich ihm offenbart,
Und die Erleuchtung bleibe ihm möglichst lang erspart.
So rasch geb' ich nicht nach! Ich nehm' es mit ihm auf,
Ich lasse der Verführung nicht willig ihren Lauf,
Ich biete ihr die Stirn –
erschrickt vor der Zweideutigkeit der Phrase
Ich muß vor allen Dingen
Sofort erfahren, wie weit die beiden bisher gingen;
Dazu bin ich befugt, mein Recht ergibt sich klar,
Sie ist so gut wie mein, als wären wir schon ein Paar;
Es geht um meine Ehre bei diesem Bubenstück,
Was immer sie getan hat, es fällt auf mich zurück!
Nie wieder fahr' ich fort! Hier bleib' ich, hier, zuhaus!
Er klopft.

Zweite Szene

Alain, Georgette, Arnolphe

ALAIN

Mir scheint, es ist der Herr.

ARNOLPHE

Ihr zwei, kommt nur heraus!
Hierher mit euch, hierher – so kommt doch schon – wird's bald?!

GEORGETTE

Der Herr macht mir ja Angst, mir wird ganz heiß und kalt.

ARNOLPHE

Das nenn' ich Dienertreue – ihr seid ein feines Paar!
Verratet mich, kaum daß ich aus dem Hause war!

GEORGETTE *vor Arnolphe auf die Knie fallend*

Verraten? Wir? Euch? Nie! Das müßten wir ja wissen!

ALAIN *für sich*

Jetzt hat ihn ganz bestimmt ein toller Hund gebissen.

ARNOLPHE

Ihr habt – *für sich* ich bin ja ganz . . . ich kann
[nicht sprechen . . . Luft!
Die Kleider reiß' ich mir vom Leib . . . oh, dieser Schuft!
Er hat sie . . . sie hat ihn . . . verfluchter Hund! Und ihr,
Ihr wart . . . habt ihn und sie . . . und habt mich nicht . . .
[*zu Alain, der fliehen will* Bleib hier!
Wir müssen . . . *zu Georgette, die fliehen will* Hiergeblieben!
[Ich will . . . wenn ihr euch rührt,
Zertret' ich euch! Erklärt mir: wer hat ihn hergeführt?
Nun?! Rasch! Geschwind! Gesteht nur! Schnell! Auf der Stelle!
[Sprecht!
Nun, wird's bald? Wollt ihr?! Oder . . .

BEIDE *fallen wieder auf die Knie*

Oh, Herr!

GEORGETTE

Mir ist ganz schlecht!

ALAIN

Das bringt mich um.

ARNOLPHE

Ich bin ganz wie nach einem Regen,
Durchnäßt, ich muß mich lüften, mich kühlen, mich
[bewegen.
So klein war er, so brav, wer hätte je gedacht,
Daß er so groß wird und so arge Streiche macht?
Doch nein, ich will zuerst in Ruhe und voll Takt
Erkunden, was sie mir verschweigt und was sie sagt.
Vergiß die Schuld, mein Herz, und wappne dich mit Huld,
Schweig still, mein armes Herz, Geduld, Geduld, Geduld!

Zu Alain und Georgette
Steht auf! Hinein mit euch, und schickt Agnès hierher!
Nein, halt! *für sich* Durch Überraschung erreich' ich sicher mehr;
Soll sie im voraus wissen, daß ich so zornig bin?
Die beiden würden plaudern – ich geh' gleich zu ihr hin.
Zu Alain und Georgette
Ihr wartet hier auf mich!

Dritte Szene

Alain, Georgette

GEORGETTE

Mein Gott, war das ein Krach!
So bös war er noch nie, ich bin vor Angst ganz schwach.
Daß sich ein Christenmensch so weit vergessen kann!

ALAIN

Und wer ist schuld daran? Der nette junge Mann!

GEORGETTE

Warum läßt uns der Herr die Herrin ohne Schonung
So wie ein Tier im Käfig verschließen in der Wohnung,
Warum versteckt er sie vor allen anderen Leuten,
Läßt niemanden zu ihr, was soll denn das bedeuten?

ALAIN

Das ist die Eifersucht, die peinigt ihn so schwer.

GEORGETTE

Die ... was?

ALAIN

Die Eifersucht.

GEORGETTE

Wo kommt die Sucht denn her?

ALAIN

Sie kommt daher, die Sucht, daß einer immer eifert.

GEORGETTE

Ich weiß noch immer nicht, warum der Herr so geifert.

ALAIN

Weil ihn die Sucht gepackt hat, ist er dazu verflucht.

GEORGETTE

Wieso? Die Sucht macht eifern – und Eifern macht die Sucht?

ALAIN

Sie hetzt und jagt die Leute bei Tag und Nacht umher,
Vielleicht verstehst du's besser, wenn ich dir's so erklär':
Wenn du vor dir den Teller mit guter Suppe hast,
Und plötzlich kommt ein andrer, ein ungebetner Gast,
Und der taucht seinen Löffel in deine Suppe ein,
Da wirst du doch auf ihn bestimmt sehr zornig sein.

GEORGETTE

Ja, das versteh' ich schon.

ALAIN

Da hast du's ganz genau;
Ganz so wie mit der Suppe ist's mit der Ehefrau.
Drum ist der Ehemann beständig auf dem Posten,
Und sieht er, andere möchten von seiner Suppe kosten,
Gerät er außer sich, es kocht in ihm die Galle.

GEORGETTE

Aha! Doch warum tobt nur er, warum nicht alle?
So viele Herren haben wir schon erfreut gesehen,
Wenn ihre Ehefrauen mit schönen Herren gehen.

ALAIN

Schmeckt ihm die Suppe nicht, dem kommt es nicht drauf an,
Daß sie ein andrer kostet.

GEORGETTE

Wenn ich recht sehen kann,
Kommt dort der Herr zurück.

ALAIN

Er ist's, du kannst recht sehen.

GEORGETTE

Er schaut ganz traurig drein.

ALAIN

Das kann man ja verstehen.

Vierte Szene

Arnolphe, Agnès, Alain, Georgette

ARNOLPHE

Ein alter Philosoph sprach einst zu einem Kaiser:
Befolge meinen Rat, dann bleibst du stets ein Weiser;
Wenn dir vor Wut und Grimm beinah die Luft ausgeht,
Dann sag, bevor du sprichst, zunächst das Alphabet,
Auf daß sich nicht die Galle jäh in dein Blut ergieße,
Auf daß du ja nichts tust, was jeder besser ließe. –
Ich hab' den Rat befolgt. Kaum war das Z verklungen,
Hab' ich mir ruhig Blut und Gleichmut abgezwungen,
Nun geh' ich mit Agnès im Freien auf und ab,
Erkunde rücksichtsvoll und klug, was sich begab,
So daß durch ein Gespräch dem arg verwirrten Sinn
Gewißheit werde und ich weiß, woran ich bin.
Agnès, komm her, Ihr geht!

Fünfte Szene

Arnolphe, Agnès

ARNOLPHE

Der Tag ist schön.

AGNÈS

Ja, schön.

ARNOLPHE

Die Luft ist lau.

AGNÈS

Ja, lau.

ARNOLPHE

Und was ist sonst gescheh'n?

AGNÈS

Mein Kätzchen ist gestorben.

ARNOLPHE

Wie schade – tut mir leid,
Doch alle sind wir sterblich – für jeden kommt die Zeit.

Wie war das Wetter?

AGNÈS

Schön, der Himmel blank und rein.

ARNOLPHE

Hast du dich sehr gelangweilt, solang' ich fort war?

AGNÈS

Nein.

ARNOLPHE

Und was hast du in diesen zehn Tagen denn gemacht?

AGNÈS

Sechs Hemden und sechs Häubchen – nein, Häubchen waren's [acht.

ARNOLPHE *der etwas geistesabwesend gewesen ist*

Die Welt, Agnès . . . die Welt ist wirklich sonderbar.
Ein jeder schwatzt drauflos, Verleumdung gilt als wahr,
Ich hörte ein Gerücht – die Nachbarn sprengten's aus,
Ein unbekannter Mann, so heißt es, kam ins Haus,
Du hättest ihn, so heißt es, gesehen und angehört,
Ich glaub' den bösen Zungen kein Wort, ich bin empört,
Ich möchte wetten, daß du, solang' ich fort war, nie . . .

AGNÈS

Mein Gott, nur keine Wette, denn sonst verliert Ihr sie!

ARNOLPHE

So ist es wirklich wahr? Ein Mann war hier?

AGNÈS

Ach, ja.

Er war fast jeden Tag von früh bis abends da.

ARNOLPHE *für sich*

Daß sie es frank und frei und arglos eingesteht,
Beweist: sie ist ein Kind und voll Naivität.

Zu Agnès

Hab' ich dir nicht verboten, bevor ich dich verließ,
Besuche zu empfangen? Ich weiß es ganz gewiß.

AGNÈS

Ja; doch dann hab' ich ihn gesehen und mir gedacht:
An meiner Stelle hättet Ihr's ebenso gemacht.

ARNOLPHE

Das weiß ich nicht, erzähle mir alles, wie es war.

AGNÈS

Ich kann's noch gar nicht glauben ... es ist so wunderbar.
Ich sitz' auf dem Balkon mit meiner Stickerei,
Da kommt hier auf der Straße ein junger Herr vorbei,
Ein schöner junger Herr, kaum daß er mich erblickt,
Macht er sein Kompliment und zieht den Hut und nickt.
Ich weiß, was sich gehört, erwidere im Nu
Den wohlerzognen Gruß und nick' ihm freundlich zu,
Die zweite Reverenz macht er sofort danach,
Worauf ich meinerseits auch eine zweite mach',
Da macht er eine dritte – und ich, im Augenblick,
Mach' gleichfalls eine dritte und nicke nett zurück.
Dann geht er langsam weiter, kommt langsam wieder her,
Macht neue Reverenzen – und immer ich wie er,
Und hätte nicht allmählich die Dunkelheit der Nacht
Uns beide erst verschwommen, dann unsichtbar gemacht,
Ich hätte immer weiter gegrüßt, daß er nicht denkt,
Ich wäre minder höflich, und sich darüber kränkt.

ARNOLPHE

Sehr gut.

AGNÈS

Am Morgen kommt ein altes Weib ans Tor,
Winkt mich zu sich heran und flüstert mir ins Ohr:
»Sei mir gegrüßt, mein Kind, der Himmel segne dich,
Er gab dir deine Schönheit, so hold und jugendlich,
Wohl nicht damit du dich scheu in den Schatten stellst
Und deine Gottesgaben den anderen vorenthältst;
Drum sei dir anvertraut: Du hast ein Herz verwundet,
Das ohne deine Hilfe wohl nimmermehr gesundet.«

ARNOLPHE *für sich*

Oh, du verdammte Hexe, du Satanskreatur!

AGNÈS

Ich frage ganz erstaunt: »Verwundet? Wen denn nur?« –
»Jawohl«, sagt sie, »verwundet, nun leidet er gar sehr,

Du sahst ihn vom Balkon aus und trafst den Armen schwer.«
»O weh«, sag' ich, »getroffen? Womit? Wie kommt denn dies?
Ich kann mich nicht erinnern, daß ich was fallen ließ.« –
»Nein«, sagt sie, »deine Augen, nur die sind schuld daran,
Daß dieser arme Mensch nicht mehr gesunden kann.« –
»Wie ist das möglich«, sag' ich, »mein Gott, wie geht das zu,
Daß ich mit meinen Augen den Leuten Böses tu'?«
»In deinen Augen hast du, ganz ohne daß du's ahnst,
Ein Gift«, sagt sie, »durch das du ihn ganz vernichten kannst.
Mit einem Wort: er siecht dahin elendiglich,
Wenn du«, sagt sie und schaut so hoffnungsvoll auf mich,
»Wenn du zu grausam bist, ihm Retterin zu sein,
Geht dieser arme Mensch in ein, zwei Tagen ein.« –
»Mein Gott«, sag' ich, »das wäre ja wirklich grauenvoll,
Was will er, daß ich tu', wenn ich ihn retten soll?« –
»Er hat nur einen Wunsch«, sagt sie, »und der ist klein;
Er möchte dich gern sehen, in deiner Nähe sein,
Denn nur in deinen Augen hast du, mein Kind, für ihn
Zur wunderbaren Heilung die rechte Medizin.« –
»Ja, wenn's nur das ist«, sag' ich, »dann freut's mich um so mehr,
Und er kommt hoffentlich, sooft er will, hierher.«

ARNOLPHE *für sich*

Oh, du verdammte Vettel, für deine Missetaten
Sollst du im größten Kessel der tiefsten Hölle braten!

AGNÈS

So ist er denn gekommen, und ich hab' ihn geheilt,
Ich bitt' Euch, sagt mir, daß Ihr auch meine Ansicht teilt;
Sein Leben und sein Tod waren ja in meinen Händen,
Was sollte ich denn anderes, als ihm das Leben spenden?!
Nichts kann mich so berühren wie anderer Wesen Schmerz,
Schon wenn ein Hündchen eingeht, bricht jedesmal mein Herz.

ARNOLPHE *für sich*

Du holder Unschuldsengel, so unbefleckt und rein!
Mein Fehler ist's! Warum ließ ich sie auch allein?!
Sie wurde ohne Beistand zur willenlosen Beute
Des schändlichen Verführers und dieser bösen Leute.

Doch für den Haderlumpen und sein verruchtes Streben
Hat sich, so fürcht' ich, mehr als nur ein Spiel ergeben.

AGNÈS

Was habt Ihr? Seid Ihr böse? Ist Eure Stimmung schlecht,
Ist Euch, was ich getan hab', am Ende gar nicht recht?

ARNOLPHE

Doch, doch, erzähle nur, was weiter noch geschah,
Als dieser schöne Herr dich später wiedersah.

AGNÈS

Mein Gott, wie hat er sich gefreut! Sein Mißgeschick,
Es war wie weggeblasen – gleich auf den ersten Blick.
Er hat mir als Geschenk ein Kästchen mitgebracht,
Alain und Georgette mit Gaben reich bedacht,
Ihr hättet ihn gewiß genauso lieb wie wir ...

ARNOLPHE

Gewiß; und was geschah im Zwiegespräch mit dir?

AGNÈS

Er hat gesagt: er liebt' mich, ich hätt' sein Herz betört,
So schöne Worte hab' ich noch nie vorher gehört,
So lieb, so zart, so reizend, nein, schönere gibt es nicht,
Und jedesmal, sooft er von seiner Liebe spricht,
Erfaßt ein süßer Schauer mich tief im Innern – hier –
Ich glühe wie im Feuer, ich bin ganz außer mir.

ARNOLPHE *für sich*

Vermaledeite Prüfung, aus welcher resultiert,
Daß alsbald aus dem Prüfer ein Schwergeprüfter wird!
Zu Agnès
Und außer seinen Reden und seinen Freundlichkeiten
Erwies er dir nicht auch gewisse Zärtlichkeiten?

AGNÈS

Gewisse? Viele, viele! Die Arme und die Hände
Hat er so oft geküßt, gestreichelt ohne Ende.

ARNOLPHE

Agnès, hat er sich nicht was anderes noch genommen?
da er bemerkt, daß sie erschrickt
Ah!

AGNÈS

Ja, er nahm . . .

ARNOLPHE

Er nahm . . .

AGNÈS

Mir . . .

ARNOLPHE

Was?

AGNÈS

Ich bin beklommen,
Weil Ihr mir ganz gewiß jetzt ernstlich böse seid!

ARNOLPHE

Nein!

AGNÈS

Doch!

ARNOLPHE

Gewiß nicht! Nein!

AGNÈS

Dann schwört mir einen Eid.

ARNOLPHE

Ich schwöre. Nun?

AGNÈS

Er nahm . . . Ihr seid gewiß nicht bös?

ARNOLPHE

Nein!

AGNÈS

Doch!

ARNOLPHE

Nein, sag' ich! Ist es denn gar so mysteriös?
Was nahm er, was?

AGNÈS

Er nahm es . . .

ARNOLPHE

für sich O Höllenqual, ich leide
Wie ein Verdammter. *Zu Agnès* Was?

AGNÈS

Das schöne Band aus Seide.
Ich hab' mich ja gewehrt, doch hat er mir's entrissen.

ARNOLPHE

holt erleichtert Atem
Das Band kann man verschmerzen. Doch alles will ich [wissen:
Er küßte Arme, Hände – das andre ließ er sein?

AGNÈS

Das andre? Macht man auch noch etwas anderes?

ARNOLPHE

Nein!
Doch, um gesund zu werden – er war ja schwer erkrankt –
Hat er nur dieses Mittel und keines sonst verlangt?

AGNÈS

Nichts hat er sonst verlangt, ich schwör's bei meinem Leben,
Denn das, was er verlangt hat, hab' ich ihm ja gegeben.

ARNOLPHE *für sich*

So hat der Himmel mir das Äußerste erspart,
Und werd' ich jetzt nicht klug, straf er mich doppelt hart!
Zu Agnès
Ich glaube dir, Agnès, ich weiß, dein Herz ist rein,
Und was vergangen ist, das laß vergangen sein;
Doch wollte dieser Mensch dich nur gefügig machen,
Um dich zu foppen und dich nachher auszulachen.

AGNÈS

O nein, das hat er mir wohl zwanzigmal geschworen!

ARNOLPHE

Du kennst ihn nicht; bei dem ist jeder Schwur verloren,
Und laß es dir gesagt sein: Ein Kästchen anzunehmen
Und Reden anzuhören mit sehr gewagten Themen
Und sich von Kavalieren die Hände küssen lassen,
Daß es wie Feuer brennt, daß Schauer dich erfassen,
Das ist die allergrößte, die allerschwerste Sünde!

AGNÈS

Das soll verboten sein? Erklärt mir doch die Gründe!

ARNOLPHE

Es gibt nur einen Grund, der da geschrieben steht:
Daß solches Tun den Groll des Himmels auf sich lädt.

AGNÈS

Wieso? Was hat er denn, der Himmel, daß er grollt?
Das alles ist doch gut, es ist so süß, so hold,
Ich bin ganz glücklich, daß es mir soviel Freude macht,
Vor vierzehn Tagen hätt' ich das alles nicht gedacht.

ARNOLPHE

Gewiß: die guten Worte, die holden Zärtlichkeiten,
Sind dazu angetan, Vergnügen zu bereiten,
Doch spricht die Ehrbarkeit ihr lautes Nein dagegen,
Und nur die Trauung macht, was Sünde war, zum Segen.

AGNÈS

Es wäre Sünde nur für Mädchen, nicht für Frauen?

ARNOLPHE

So ist's.

AGNÈS

Dann laßt mich, bitte, gleich auf der Stelle trauen.

ARNOLPHE

Mein Kind, auf diese Bitte sag' ich dir freudig: ja,
Aus eben diesem Anlaß bin ich ja heute da.

AGNÈS

Ist's möglich?

ARNOLPHE

Warum nicht?

AGNÈS

Ihr wollt mich so entzücken?

ARNOLPHE

Von Herzen gern – die Ehe wird dich gewiß beglücken.

AGNÈS

Ihr wollt uns beide . . .

ARNOLPHE

Ja; ich faßte den Entschluß.

AGNÈS

Wenn Ihr das wirklich wollt, verdient Ihr einen Kuß.

ARNOLPHE

Den geb' ich dir zurück, drauf kannst du dich verlassen.

AGNÈS

Ich kann's nicht glauben, sicher wollt Ihr mit mir nur spaßen,
Ihr meint es nicht im Ernst . . .

ARNOLPHE

O doch, Agnès, o doch!

AGNÈS

Wir heiraten?

ARNOLPHE

Gewiß!

AGNÈS

Und wann denn?

ARNOLPHE

Heute noch!

AGNÈS *lachend*

Noch heute?!

ARNOLPHE

Ja, noch heute! Das macht dich fröhlich lachen?

AGNÈS

Und wie!

ARNOLPHE

Ich will dich ja vergnügt und fröhlich machen.

AGNÈS

Mein Gott, ich schulde Euch die größte Dankbarkeit,
Ihr öffnet mir und ihm den Weg zur Seligkeit.

ARNOLPHE

Und ihm? Wem: ihm?

AGNÈS

Nun: ihm!

ARNOLPHE

Er hat da nichts verloren!
Voreilig hast du dir den Gatten auserkoren.
Mit einem Wort: ich gebe dir einen andern Mann,
Dein schöner junger Herr, er täte gut daran,
Wenn ihm sein Leben lieb ist, das lästerliche Streben

Nach zärtlichem Getändel für immer aufzugeben.
Kommt er in dieses Haus, dich zärtlich zu begrüßen,
Wirst du die Tür in Ehren vor seiner Nase schließen,
Und bleibt er zudringlich, dann wirfst du einen Stein
Vom Fenster auf den Freier – dann hört er auf zu frei'n.
Verstehst du mich, Agnès – ich stell' mich dort ans Eck
Und wache; was du tust, ich seh's aus dem Versteck.

AGNÈS

Er ist so schön, so lieb, das wär' doch ...

ARNOLPHE

Wirst du schweigen?!

AGNÈS

Ich habe sicher nicht das Herz ...

ARNOLPHE

Ich will dir's zeigen!
Du gehst jetzt in dein Zimmer.

AGNÈS

Ach, wollt Ihr wirklich ...

ARNOLPHE

Fort!
Ich bin der Herr im Haus, und du folgst mir aufs Wort.

Dritter Akt

Erste Szene

Arnolphe, Agnès, Alain, Georgette

ARNOLPHE

Ja, alles hat geklappt, das freut mich ungemein,
Und ihr gingt musterhaft auf jede Weisung ein,
Er unterlag und ging, der böse Intrigant,
Weil sich für ihn in mir der rechte Gegner fand.
Dein kindliches Gemüt, Agnès, hat er verwirrt,
Gedankenlos bist du vom rechten Pfad geirrt,
Kamst der Verdammnis und der Hölle sträflich nah,
Denn ich, dein guter Geist, dein Retter, war nicht da.
Die Stutzer kennt man ja in ihren Prachtgewändern
Nach allerletzter Mode mit Rüschen, Federn, Bändern,
Durch Schein und Schmeicheleien betören sie die Frauen,
Und unter Putz und Tand verbergen sie die Klauen,
Bis sie sich offenbaren als wahre Satansbrut,
Die edlem Frauentum brutal Gewalt antut;
Doch, wie gesagt, mein Kind, du hattest großes Glück,
Kamst rein und makellos zum rechten Pfad zurück,
Und der gerechte Zorn, mit dem du einen Stein
Nach dem Verführer warfst, beweist: Du siehst es ein,
Bestärkt mich obendrein, bekräftigt den Entschluß,
Daß man zur Hochzeit nun in Eile rüsten muß.
Vor allem aber scheint es mir jetzt an der Zeit,
Dich schleunigst aufzuklären mit aller Gründlichkeit.
Bringt einen Stuhl heraus.
Zur Georgette und Alain Und wenn ihr jemals wagt . . .

GEORGETTE

Was Ihr gesagt habt, Herr, war nicht umsonst gesagt.
Der andere Herr hat uns ja hinters Licht geführt,
Doch Ihr habt . . .

ALAIN

Wehe ihm, wenn er sich wieder rührt!
Er ist ein Lump! Er hat uns letztesmal bezahlt
Mit zwei Dukaten von geringem Goldgehalt.

ARNOLPHE

Bereitet jetzt das Mahl und richtet drei Gedecke,
Dann holt mir den Notar von drüben an der Ecke.

Zweite Szene

Arnolphe, Agnès

ARNOLPHE *sitzend*

Und du, Agnès, laß jetzt die Handarbeit in Ruh
Und heb schön deinen Kopf und wende dich mir zu;
Beachte Wort für Wort, was ich dir nun erklär',
Und schau mich dabei an, hierher schau, ja: hierher.
Du wirst jetzt meine Frau und schuldest wohl darob
Dem Schicksal heißen Dank, und hundertfaches Lob
Dem Manne, der dich nicht ganz kühl zur Seite schob,
Der aus der Tiefe dich in solche Höhen hob,
Dem armen kleinen Ding aus einem Elendsnest
Den Rang der Bürgerin jetzt zuerkennen läßt,
Mit ihr – was er bisher so mancher schon verwehrt –
Sein Lager künftig teilt und sie durch Küsse ehrt . . .
Ja, ich, den keine noch als Ehemann gewann,
Weil er sich stets besann, zieh' dich zu mir hinan.
Und täte ich es nicht, das halte dir vor Augen,
Du würdest ohne mich und meine Huld nichts taugen,
Vergiß dein Leben lang nicht einen Augenblick:
Nur ich, ich ganz allein, bestimme dein Geschick,
Dann wirst du dich und mich, solang' du lebst, erfreuen
Und gibst mir niemals Grund, die Güte zu bereuen.
Der Ehestand, Agnès, ist keine Kinderei,
Ist Mühsal für die Frau und arge Schinderei,

Du widmest dich ihm nicht, als angetrautes Weib,
Zu lockerem Genuß und frohem Zeitvertreib,
Ihr seid nur dazu da, uns untertan zu sein,
Und uns gehört die Macht, die Allmacht, uns allein.
Wenn man von Hälften spricht, heißt das darum noch nicht:
Weil sie zwei Hälften sind, sind sie im Gleichgewicht,
Die eine: der Gebieter, die andere: der Knecht,
Die eine hat die Pflichten, die andere das Recht,
Es folgen die Soldaten auf Grund beschworener Pflicht
Dem Wort des Offiziers und widersprechen nicht,
Dem Herrn gehorcht der Diener, das Kind gehorcht dem Vater,
Der Abt gehorcht dem Bischof, dem Abt der Ordenspater ...
Doch das ist nichts, verglichen mit jener Fügsamkeit
Und Duldsamkeit und Demut und Unterwürfigkeit,
Mit der sich wahre Frauen im Ehestand bewähr'n
Vor dem Gebieter, Meister und unumschränkten Herrn.
Was immer er auch redet, sie muß gehorsam nicken,
Wenn er sie finster ansieht, muß sie zu Boden blicken
Und darf erst wieder aufschauen zu seinem Angesicht,
Wenn er sie allergnädigst ermuntert; vorher nicht.
Das leugnen manche Frauen in diesen bösen Zeiten,
Doch soll dich nie ihr Beispiel zur Nachahmung verleiten,
Drum meide ihren Umgang, sie sind verbuhlt und lüstern,
So daß die bösen Zungen von ihren Sünden flüstern,
Und hüte dich vor allem, den Stutzern zu gefallen,
Sonst hält dich unausweichlich der Satan in den Krallen.
Zwei Hälften eines Ganzen sind wir fortan fürs Leben,
Dadurch ist meine Ehre in deine Hand gegeben.
Die Ehre zu verletzen, dazu gehört nicht viel,
Sie ist so zart, so kostbar, man treibt mit ihr kein Spiel,
Und bist du unbedachtsam und sprengst die sanfte Fessel,
Dann winkt dir in der Hölle ein siedend heißer Kessel.
Was ich dir da verkünde, Agnès, sind keine Possen,
Bewahre meine Lehren im Herzen fest verschlossen,
Und meidet deine Seele die losen Tändelei'n,
Dann gleicht sie stets der Lilie, so zart, so weiß, so rein.

Sieh zu, daß die Verirrung sich niemals wiederhole,
Sonst würde deine Seele pechrabenschwarz wie Kohle,
Sonst würdest du ein Greuel, ein Abscheu für die Leute
Und fällst dann eines Tages als wohlverdiente Beute
Dem Satanas anheim und seinen Höllenbränden;
Der Himmel sei geneigt, dies Los von dir zu wenden.
Nun senke fromm dein Haupt, und der Novize gleich,
Wenn sie den Schleier nimmt, erkenne den Bereich
Der Pflichten, auferlegt durch deinen neuen Stand.
Er steht auf.
Für diesen Zweck hab' ich ein gutes Buch zur Hand,
Den lehrreichen Bericht der ehelichen Pflicht,
Den Autor kenn' ich nicht, doch schreibt er fromm und schlicht.
Von nun an sei dies Buch dein Umgang früh und spät,
So nimm es denn und zeig mir, wie's um dein Lesen steht.

AGNÈS *liest*

Leitfaden für den Ehestand oder Die Pflichten der
Ehefrau nebst täglichen Exerzitien.
Erster Leitsatz: Jene, die ein Mann in Ehren
Sich als Bettgenossin nimmt,
Soll sich von der Welt abkehren,
Treu den altbewährten Lehren:
Für diesen einen Mann ist sie fortan [bestimmt.

ARNOLPHE

Ich fürchte, du hast kaum verstanden, was das hieß,
Ich will's dir dann erklären, doch nun, vor allem, lies!

AGNÈS

Zweiter Leitsatz: Sie soll sich nur schmücken,
Um den zu beglücken,
Dem sie gehört, nur ihn, den einen,
Nur ihm weiht sie die Pflege
Des Äußeren, und möge
Sie andern auch häßlich erscheinen.
Dritter Leitsatz: Kein kokettes Augenblinken,
Keine Salben, Öle, Schminken,

Die das Angesicht verschönen,
Doch die Ehrbarkeit verhöhnen!
Was man für die Schönheit tut,
Kommt dem Gatten kaum zugut.

Vierter Leitsatz: Wenn sie ausgeht, sollen Schleier ihre Blicke,
[ihre Züge
Vor der bösen Welt verbergen, daß
[der Sitte sie genüge;
Diese will: sie soll nicht allen,
Nein, nur ihrem Mann gefallen.

Fünfter Leitsatz: Außer jenen, die dem Gatten gelten,
Und auch diese möglichst selten,
Soll sie nie Besuch empfangen;
Denn es tragen viele Herrn
Nur nach Tändelei Verlangen,
Und der Gatte sieht's nicht gern.

Sechster Leitsatz: Wollen Männer sie beschenken,
Soll sie's ablehnen und denken:
Jeder hofft auf Gegengaben,
Nichts ist je für nichts zu haben.

Siebenter Leitsatz: Tinte, Feder und Papier
Bleibe allzeit fern von ihr,
Alles, was zu schreiben wäre,
Schreibt der Mann, so will's die Ehre.

Achter Leitsatz: Zusammenkünfte ohne Geist,
Welche man »Gesellschaft« heißt,
Wo sich Frauen täglich sehen lassen
[und sich schändlich gehenlassen,
Unbarmherzig zu verbieten,
Muß die Schicklichkeit gebieten,
Weil sie niemals unbeschädigt unsre
[Ehen lassen.

Neunter Leitsatz: Soll nicht ihre Tugend leiden,
Muß die Frau das Spiel vermeiden
Wie die Pest;
Fängt sie zu verlieren an,

Büßt sie erst ihr Geld ein, dann
Auch den Rest.

Zehnter Leitsatz: Mit Spaziergängen im Freien,
Landpartien, Gastereien
Fang sie gar nicht an;
Wird zu solchen Promenaden
Sie von andern eingeladen,
Zahlt die Zeche doch der Mann.

Elfter Leitsatz . . .

ARNOLPHE

Das Weitere lies für dich – ich will dir später gern
Den Inhalt Wort für Wort und ganz genau erklär'n.
Jetzt führt mich ein Geschäft für kurze Zeit von dir,
Ich werde mich beeilen und bin gleich wieder hier.
Nun geh; sieh dieses Buch als deinen höchsten Schatz an,
Und kommt der Herr Notar, biet ihm indessen Platz an.

Dritte Szene

Arnolphe

ARNOLPHE

Ja, ich tu' recht daran, sie mir als Frau zu nehmen,
Ich kann sie, wie ich will, in jeder Hinsicht zähmen,
Sie ist wie ein Stück Wachs in meinen Meisterhänden,
Ich will sie formen und beliebig drehen und wenden;
Zwar hätte sie beinah in ihrem holden Wahn,
Als ich auf Reisen war, mir etwas angetan,
Doch besser ist's gewiß – ich will mir's nicht verhehlen –
Wenn sich die Ehefrauen auf solche Art verfehlen;
So sind sie schnell kuriert und alsbald wieder ehrbar,
Denn Dummheit ist und bleibt gefügig und belehrbar.
Wich sie vom rechten Weg auch um ein gutes Stück,
Ein Wort genügt und führt sie alsogleich zurück.
Ganz anders ist die Lage bei Frauen, welche denken,

Die wollen nicht gelenkt sein, die wollen selber lenken,
Die werden unbeirrbar auf ihre Klugheit pochen,
Und unsere weisen Lehren sind in den Wind gesprochen;
Sie witzeln, kritteln, spötteln, wenn wir das Rechte sagen,
Sie pflegen ihre Mängel wie Tugenden zu tragen
Und finden auf den Wegen zu ihren bösen Zwecken
Die allerschlauesten Mittel, den Findigsten zu necken.
Da müht man sich vergebens, dem Mißgeschick zu steuern,
Denn Frauen, welche denken, die gleichen Ungeheuern,
Und sticht sie je der Hafer, den Gatten auszulachen,
Der Schande auszusetzen, dann kann er gar nichts machen;
Da könnte mancher Brave ein tristes Liedchen singen,
Doch du, mein junger Strohkopf, du wirst es zu nichts bringen,
Du hast zuviel geredet, drum endet es betrüblich . . .
Ja, das ist in ganz Frankreich seit jeher landesüblich:
Wann immer einer Glück hat, er kann es nicht verschweigen,
Es drängt ihn übermächtig, es aller Welt zu zeigen,
Die Eitelkeit verführt ihn, die Vorsicht auszuschalten,
Er würde lieber hängen, statt seinen Mund zu halten.
Und wenn ein solcher Schwätzer den Frauen zu schaffen macht,
Hat ganz gewiß der Teufel die Hand im Spiel und lacht
Und wird . . . Da kommt er selber. Nun alle Wut verhehlt
Und vorsichtig erkundet, was ihn bedrückt und quält.

Vierte Szene

Horace, Arnolphe

HORACE
Ich komm' von Ihrem Haus. Will mich das Schicksal strafen,
Daß wir einander dort bis heute niemals trafen?
Doch wenn ich weiterhin im Eifer nicht erlahm' . . .

ARNOLPHE
Du lieber Gott, wozu der ganze Formelkram?!
Mich ärgert das Getu', die Phrasendrescherei,
Und ginge es nach mir, wär' dieser Zwang vorbei.

Verschwenden wir doch nicht an solche Albernheit,
Wie's heute üblich ist, drei Viertel unsrer Zeit!
Er bedeckt sich.
Zur Sache denn! Wie steht's mit Ihren Herzensdingen,
Seit wir zum letztenmal hier auseinandergingen?
Ich war damals zerstreut, durch anderes abgelenkt,
Doch seither hab' ich mich in Ihren Fall versenkt,
Erkenn' bewundernd an, was Ihnen schon gelungen,
Und nehm' von Herzen teil an allen Fortsetzungen.

HORACE

Mein Gott, seitdem ich Sie in alles eingeweiht,
Erlebt mein armes Herz die allerschlimmste Zeit.

ARNOLPHE

Oho, wie ging das zu?

HORACE

Ein grausames Geschick
Versetzte ihren Alten in diese Stadt zurück.

ARNOLPHE

O Schreck!

HORACE

Und überdies: man hat ihn eingeweiht –
Ist das nicht fürchterlich? – in unsere Heimlichkeit.

ARNOLPHE

Zum Henker! Wer ist schuld, wie kam er auf die Spur?

HORACE

Ich weiß nicht, wie er es, nur daß er es erfuhr. –
Just war ich auf dem Wege wie stets um diese Zeit,
Mein Auge zu erfreuen an ihrer Lieblichkeit,
Auf einmal – seh' ich recht? – ganz fremd in Ton und Blick,
Der Diener und die Magd, sie weisen mich zurück,
Sie rufen: »Fort mit Euch, laßt dieses Haus in Ruh!«
Und schlagen mir die Tür grob vor der Nase zu.

ARNOLPHE

Wie? Vor der Nase?

HORACE

Ja.

ARNOLPHE

Das nenn' ich radikal.

HORACE

Ich, durch die Tür hindurch, versuch' es noch einmal,
Doch bleiben sie verstockt und rufen: »Nein, nein, nein,
Verboten hat's der Herr, wir lassen Euch nicht ein!«

ARNOLPHE

Das Tor blieb zu?

HORACE

Blieb zu. Am Fenster dann, von fern,
Bestätigt mir Agnès die Rückkehr ihres Herrn
Und weist mich von dem Platz in grausam stolzem Ton,
Ja, wirft noch einen Stein nach mir als ärgsten Hohn.

ARNOLPHE

Sie? Was? Wirft einen Stein?

HORACE

Er fiel mir auf den Fuß;
Erstaunt heb' ich ihn auf – welch ein Willkommensgruß!

ARNOLPHE

Nein, das ist wirklich mehr, als man erwarten kann;
Sie tun mir leid, mein Freund, Sie sind gar übel dran.

HORACE

Er kam zur Unzeit heim, mein liebend Herz muß trauern.

ARNOLPHE

Seien Sie versichert, Freund, daß Sie mich ehrlich dauern.

HORACE

Er reißt uns auseinander.

ARNOLPHE

Sie werden Mittel finden,
Das, was zerrissen ist, aufs neue fest zu binden.

HORACE

Nun ja, das will ich wohl, doch wie soll ich es drehen,
Um seine Wachsamkeit mit List zu hintergehen?

ARNOLPHE

Es kann nicht schwierig sein, die Dinge so zu wenden;
Das Mädchen liebt Sie doch?

HORACE

Gewiß.

ARNOLPHE

Dann wird's gut enden.

HORACE

Geb's Gott!

ARNOLPHE

Mein Freund, Sie sind verwirrt durch diesen Steinwurf,
Doch überschätzen Sie ihn wohl.

HORACE

Ein kluger Einwurf!
Der Stein verriet zunächst: der alte Herr ist da,
Er lenkte ungesehen das Böse, das geschah,
Doch was sich dann begab, sei Ihnen nicht verschwiegen –
Ich war entzückt – ich hoffe: auch Ihnen macht's Vergnügen –
Ein äußerst kühner Streich, voll Heldenmut erdacht,
Der ihrem Kindersinn wohl höchste Ehre macht;
Nur eine Meisterin: die Liebe kann uns lehren,
Zu werden, was wir sonst im Leben niemals wären.
Was unser ganzes Dasein seit unsrer Jugend stempelt,
Das wird durch ihr Gebot in Kürze umgekrempelt,
Sie sprengt die stärksten Bande der menschlichen Natur,
Ihr Wirken ist vergleichbar den höchsten Wundern nur,
Sie macht den ärgsten Geizhals zu einem, der nicht spart,
Den Feigling macht sie tapfer, den Rohling macht sie zart,
Was primitiv und dumpf ist, macht sie behend und wendig,
Was regungslos und stumpf ist, wird geistreich und lebendig.
Und eben dies bewies mir Agnès so wunderbar,
Ich kam gar nicht zum Reden, sie rief gleich kurz und klar:
»Besucht mich nicht, entfernt Euch und sprecht nicht mehr zu [mir,
Ich kenne Eure Reden – die Antwort habt Ihr hier!«
Dann kam der Stein geflogen, jedoch nicht blank und nackt,
Vielmehr war er mit Sorgfalt in einen Brief verpackt,
Ich war begeistert, denn der wahre Sinn des Steins,
Der Brief und ihre Worte verschmolzen nun in eins;

Nicht wahr, ihr Plan war trefflich, erstaunlich und beweist:
Die Liebe wirkt belebend, sie schärft den stumpfen Geist,
Ja, fängt ein Herz erst Feuer und steht in hellem Brand,
Wird seine Kraft unfaßbar, zu allem ist's imstand!
Was sagen Sie – ganz ehrlich! – zu diesem tollen Streich,
Muß man ihn nicht bewundern: ein Stein, ein Brief zugleich?
Und dieser dumme Alte, wie kommt er Ihnen vor?
Er spielt doch eine Rolle von köstlichem Humor!
Nicht wahr?

ARNOLPHE

Ja, wirklich köstlich.

HORACE

Sie lachen aber nicht.

Arnolphe bemüht sich, ein Lachen vorzutäuschen.

Er wittert meinen Angriff, der lächerliche Wicht,
Bestückt sein Haus mit Waffen, mit Steinen als Geschossen,
Als wollt' ich es berennen, als wär' er eingeschlossen,
Und um mich abzuweisen, mißbraucht der Wüterich
Auch noch sein Hausgesinde und hetzt es gegen mich;
Doch sie, von ihm zur Demut und Ignoranz erzogen,
Hat ihn mit seinen Waffen im eignen Haus betrogen.
Und wär' auch seine Rückkehr für mich und für mein
[Lieben –
Das will ich offen sagen – weit besser unterblieben,
Find' ich die neue Lage trotzdem in höchstem Maß
Pikant und unterhaltend, sie macht mir größten Spaß,
Und Ihnen? Ich vermisse Ihr lachendes Gesicht!

ARNOLPHE *mit erzwungenem Lachen:*

Verzeihn Sie bitte vielmals – mehr lachen kann ich nicht.

HORACE

Nun hören Sie noch den Brief, der meinen Sinn beflügelt;
Was sie im Herzen fühlt, hat ihre Hand besiegelt,
So tief ergreifend schlicht, so gütig ist der Brief,
So liebreich und dabei doch unschuldig naiv,
Als spräche die Natur direkt durch ihre Hand,
Die mir den ersten Schmerz der Liebe eingestand.

ARNOLPHE *für sich:*

Verdammter Teufelsbraten, wer lehrte dich die Schrift?!
Ich hatt' es ja verboten – ich wußte, sie ist Gift.

HORACE *liest:*

»Ich will Euch schreiben, und ich weiß gar nicht recht, wie ich das anfangen soll. Ich möchte gern, daß Ihr wißt, was ich mir denke, aber wie soll ich's Euch mitteilen – ich habe ja Angst vor meinen eigenen Worten. Ich weiß, man hat mich in Unwissenheit erzogen, also muß ich befürchten, daß ich mich ungeschickt ausdrücke und mehr sage, als ich sollte. Was Ihr mir angetan habt, das weiß ich nicht; doch was man mich zwingt, Euch anzutun, das kränkt mich sehr, das weiß ich. Und auch daß es mir unsagbar schwerfallen würde, auf Euch zu verzichten, und daß ich so gern die Eure wäre. Wahrscheinlich ist es nicht recht, daß ich das sage, aber was soll ich machen? Ich hoffe nur, es ist kein zu großes Unrecht. Man erzählt mir, daß alle jungen Herren Schwindler sind, daß man nicht auf sie hören soll und daß Ihr mich mit Euren Reden nur verführen wollt, aber ich versichere Euch, daß ich das von Euch nicht glauben will, und ich bin so ergriffen von dem, was Ihr gesagt habt, daß ich mir nicht vorstellen kann, Ihr hättet gelogen. Sagt mir doch, bitte, ganz ehrlich, was daran ist. Ich selbst bin nämlich ohne Tücke, und da wäre es das entsetzlichste Unrecht von Euch, mich zu täuschen, und ich glaube, ich müßte vor Kummer sterben.«

ARNOLPHE *für sich:*

Du Kuh!

HORACE

Was haben Sie?

ARNOLPHE

Ich? Gar nichts, nur: ich huste.

HORACE

Sie wußten es wohl nicht, wie ich's bisher nicht wußte,
Daß die Natur sich bildet, so schön, so lieb, so frei,
Dem bösen Zwang zum Trotz und aller Tyrannei.
In Dummheit und in Dumpfheit will er sie niederhalten,
Das Licht des Geistes hindern, sich strahlend zu entfalten,

Solch eines Wesens Seele gemein zu unterdrücken,
Wär' eine Missetat; sie kann, sie darf nicht glücken.
Doch schon begann die Liebe die Fesseln zu zerreißen,
Schon scheint ein guter Stern uns Rettung zu verheißen,
Und wenn nun, so Gott will, der greise Satanas,
Der grausame Berserker, das Tier, die Pest, das Aas . . .

ARNOLPHE

Auf Wiedersehen!

HORACE

So plötzlich?

ARNOLPHE

Mir kam just in den Sinn,
Daß ein Geschäft mich ruft und ich in Eile bin.

HORACE

Nur schnell noch eins: man läßt die Ärmste nicht heraus,
Wo find' ich einen Freund, der Zutritt hat ins Haus?
Sie sind mir gut gesinnt, Sie könnten mir wohl nützen,
Ich würd' im gleichen Fall auch Sie gern unterstützen;
Dort drin ist jetzt für mich auf Hilfe nicht zu hoffen,
Ich hab' das Dienerpaar vor kurzer Zeit getroffen,
Ich sprach die beiden an, sie waren ganz verstört
Und schroff und haben mich nicht einmal angehört.
Ja, früher hatte ich ein altes Weib zur Hand,
Gerissen, fast genial in ihrem Hausverstand,
Sie war mein Postillon und hat für mich geworben,
Doch vor vier Tagen ist die gute Frau gestorben.
Wo find' ich besseren Rat, Verehrter, als bei Ihnen?

ARNOLPHE

Bedaure sehr, ich kann im Augenblick nicht dienen.

HORACE

Ja, dann . . . Und: mein Geheimnis, bewahren Sie es gut!

Fünfte Szene

Arnolphe

ARNOLPHE

Solang er vor mir stand, erstickt' ich fast vor Wut,
In meinem Innern kocht's – er darf davon nichts wissen,
Und sie –! In aller Unschuld so schlau und so gerissen!
Hast du vor mir verborgen, daß du voll Bosheit steckst,
Hat dich der böse Feind mit einemmal verhext?
Zu meinem Todesurteil wird dieser Liebesbrief,
Sie ist bereit zu folgen, wohin der Kerl sie rief.
Mich völlig zu vernichten, hat er sie angestiftet,
Ich hab' nichts mehr zu hoffen, mein Dasein ist vergiftet,
Und ich muß zweifach leiden, da sie sich mir entzieht,
Weil mich nicht nur die Liebe, nein, auch die Ehre flieht.
Mein Platz, mir vorbehalten, wird mir durch List entzogen,
Ich, gütig, reif und weise, von einem Kind betrogen!
Sie fiel in tiefe Schande, wer hebt sie wieder auf?
Am allerbesten ließ' ich den Dingen ihren Lauf,
Daß sie für ihr Vergehen sich selbst die Strafe gibt,
Doch wer kann ohne Reue verlieren, was er liebt?!
Ich hab', eh ich sie wählte, so gründlich nachgedacht,
Mit allen ihren Reizen mich so vertraut gemacht,
Sie war ganz ohne Anhang, hat weder Geld noch Gut,
Nun spottet sie der Sorgfalt und der getreuen Hut,
Und doch muß ich sie lieben, obwohl sie das getan,
Ja, fast scheint mir, ich fang' sie erst jetzt zu lieben an.
Du Narr! Schämst du dich nicht?! Es ist nicht zu ertragen;
Ich könnte mich bespucken, mich selbst zu Boden schlagen ...
Doch nun will ich ins Haus gehen, nur kurz – ich seh' sie an,
Ob man die schwarze Seele von außen merken kann. –
O Himmel, laß die Stirn mir stets von Unzier frei,
Doch sollt' es mir bestimmt sein, daß dem nicht also sei,
Bleibt mir durch deinen Ratschluß die Prüfung nicht erspart,
Verleih mir Kraft und Gleichmut und Geistesgegenwart.

Vierter Akt

Erste Szene

Arnolphe

ARNOLPHE
Es fällt mir wahrhaft schwer, die Ruhe zu bewahren,
Durch Sorgen aller Art bin ich bedrückt, zerfahren,
Im Haus und außer Haus – wie kehrt die Ordnung wieder?
Der Junge ist geschickt – wie ringe ich ihn nieder?
Und du, Verräterin, hältst meinen Blicken stand,
Als wäre dir von Schuld, von Reue nichts bekannt,
Als käm' ich nicht durch dich dem Tod bedenklich nah,
Siehst du so harmlos drein, stehst wie ein Engel da.
Je länger ich sie sah in scheinheiliger Ruh,
Je stärker nahm der Sturm in meinem Innern zu,
Mein Blut, so heiß, so wild, drang in mein armes Herz
Und steigerte die Glut, der Liebe wilden Schmerz.
Ich war erbost, erzürnt, verzweifelt über sie,
Und doch: so wunderschön schien sie mir vorher nie,
Nie hat ihr Blick so tief mein Innerstes berührt,
Verlangen hab' ich nie so schmerzlich heiß verspürt;
Und deutlich sagt mein Herz: Geht alles seinen Gang
So weiter wie bisher, dann leb' ich nicht mehr lang.
Wie konnte das geschehen? Ließ ich sie drum erziehen
Mit soviel Zärtlichkeit und innigem Bemühen,
Nahm ich sie drum bereits als junges Ding ins Haus
Und malte mir die Zukunft so zart und rosig aus,
Ließ ich die Knospen drum in meinem Garten sprießen,
Die schwellend Jahr um Jahr mir Blütenpracht verhießen,
Daß sie ein junger Fant, in den sie sich verschaut,
Mir vor der Nase wegschnappt – jetzt, da ich sie zur Braut,
Da ich sie beinah schon zur Frau genommen habe?!
Zum Donnerwetter, nein! Das nicht! Du frecher Knabe,

Nur zu! Zeig, was du kannst! Ich will vor dir bestehen,
Wenn nicht – ist's mir bestimmt – in Ehren untergehen!
So oder so: es wird ein hitziges Gefecht.

Zweite Szene

Der Notar, Arnolphe

DER NOTAR
Da ist er! – Guten Tag! Ich komme doch zurecht?
Wir bringen unter Dach sogleich den Ehepakt.

ARNOLPHE *ohne ihn zu sehen, monologisierend:*
Wie wird er schnell erledigt?

DER NOTAR
Durch notariellen Akt.

ARNOLPHE *wie oben:*
Ich wahre meinen Vorteil durch allerlei Finessen.

DER NOTAR
Der Text dient Punkt für Punkt nur Ihren Interessen.

ARNOLPHE *wie oben*
Durch Finten und durch Kniffe legt man mich nicht herein.

DER NOTAR
Das lassen Sie getrost nur meine Sorge sein;
Sie brauchen den Vertrag ja nicht zu unterschreiben
Beim leisesten Verdacht, daß Sie im Nachteil bleiben.

ARNOLPHE *wie oben*
Doch kommt es zum Konflikt, dann weiß die ganze Stadt
Sogleich, was sich im Haus bei mir begeben hat.

DER NOTAR
Nein, das ist nicht gesagt, es kommt nichts an den Tag,
Wir schließen ganz diskret im stillen den Vertrag.

ARNOLPHE *wie oben*
Was hab' ich nun davon, daß ich ihr soviel gab?

DER NOTAR
Die Morgengabe hängt ganz von der Mitgift ab.

ARNOLPHE *wie oben*
Mein ganzes Unglück ist: ich lieb' sie gar so sehr.
DER NOTAR
Wie schön! In diesem Fall zediert man ihr wohl mehr.
ARNOLPHE *wie oben*
Wie stell' ich mich zu ihr, was fang' ich mit ihr an?
DER NOTAR
Ein Drittel ihrer Mitgift bestimmt der Ehemann
Der Frau als Morgengabe – darauf kann sie bestehen,
Doch darf er, wenn er mag, natürlich höher gehen.
ARNOLPHE *wie oben*
Wenn . . .
DER NOTAR
Beim Vorausvermächtnis kommt es auf beide an,
Arnolphe hat ihn nun gesehen
Das heißt, daß er der Frau das überschreiben kann,
Was er für gut hält.
ARNOLPHE
Wie?
DER NOTAR
Natürlich möglichst viel,
Wenn er sie herzlich liebt und sie verwöhnen will
Durch Stiftungen und Renten weit über seine Pflicht,
Ein Anspruch, der beim Tod erlischt oder auch nicht,
Je nachdem, wer zuerst stirbt, so daß das Gut und Geld
Zum Teil oder zur Gänze den Erben anheimfällt,
Die er beziehungsweise die sie im Testament
Im Sinne des Gesetzes als solche anerkennt.
Was zucken Sie die Achseln? Trauen Sie mir denn nicht zu,
Verträge zu entwerfen, was ich tagtäglich tu'?
Man zeig' mir einen, der sein Fach beherrscht wie ich:
Das Ehepaar verfügt, sofern nicht ausdrücklich
Das Gegenteil bestimmt ist, zu ungeteilter Hand
a) über Hausrat, Wäsche . . .
ARNOLPHE
Ja, mir ist wohlbekannt,

Daß Sie Ihr Fach beherrschen, doch wer hat Sie gefragt?

DER NOTAR

Der Herr, der seine Achseln vor mir zu zucken wagt
Und meine Rechtsbelehrung manierlos unterbricht!

ARNOLPHE

Daß dich die Pestilenz mit deinem Hundsgesicht!
Wie sollte ich denn sonst den Redeschwall beenden?!

DER NOTAR

Um des Vertrages willen ließ man doch nach mir senden!

ARNOLPHE

Mag sein – vielleicht – gewiß – doch ist's noch nicht soweit,
Man ruft Sie – unbesorgt! – dann zu gegeb'ner Zeit.
für sich
Ich fahre aus der Haut bei seinem nächsten Satz!

DER NOTAR *für sich*

Der Mensch ist nicht normal – ich sag's, wie's ist: den hat's!

Dritte Szene

Der Notar, Alain, Georgette, Arnolphe

DER NOTAR *geht zu Alain und Georgette hin*

Habt ihr mich nicht hierher zu eurem Herrn bestellt?

ALAIN

Ja.

DER NOTAR

Ich weiß nicht, wofür ihn sein Gesinde hält,
Von mir jedoch bestellt ihm ungesäumt und klar,
Daß er ein alter Narr ist.

GEORGETTE

Sehr gerne, Herr Notar.

Vierte Szene

Alain, Georgette, Arnolphe

ALAIN

Der Herr Notar . . .

ARNOLPHE

Kommt her, ihr meine beiden Lieben,
Ihr wackeren, wahren Freunde, ihr seid mir treu geblieben.

ALAIN

Der Herr Notar . . .

ARNOLPHE

Ach, der ist jetzt nicht interessant,
Da man ein Attentat auf meine Ehre plant.
Verletzt man sie – bedenkt das! –, ihr meine lieben beiden,
Dann muß mit meiner Ehre auch eure Ehre leiden,
Man wird euch schrecklich necken, mit Fingern auf euch zeigen,
Was immer man euch nachruft, müßt ihr geduldig schweigen,
Der Anschlag gilt nicht mir, er gilt uns allen drei'n,
Drum sollt ihr auf der Hut, geschickt und wachsam sein,
Und diesen jungen Herrn dürft ihr um keinen Preis . . .

GEORGETTE

Das habt Ihr uns ja schon genau erklärt – ich weiß.

ARNOLPHE

Wenn er auch noch so schöntut, fallt ihr drauf nicht herein.

ALAIN

Bestimmt . . .

GEORGETTE

Nein, nein, wir werden geschickt und wachsam sein.

ARNOLPHE *zu Alain*

Und kommt er auch und sagt: »Alain, ein armes Herz
Fleht dich um Beistand an in seinem großen Schmerz!«

ALAIN

»Ihr seid ein Esel!«

ARNOLPHE

Gut! *Zu Georgette:* »Du reizende Georgette,

Du bist so lieb und gut, so freundlich und so nett!«

GEORGETTE

»Ihr seid ein Tunichtgut, ein Haderlump!«

ARNOLPHE

Sehr gut!

»Ich bin kein Mensch, für den man vergebens Gutes tut,
Ist jemand mir gefällig, dann merk' ich mir das wohl,
Da, nimm, Alain, ich weiß, du liebst den Alkohol,
Und du, Georgette, kauf dir ein schönes Kleid!
Beide strecken die Hände aus und nehmen sein Geld entgegen.
Ihr wißt,
Daß dies nur der Beginn von weiteren Gaben ist;
Als Gegenleistung will ich nur eins von euch erflehen,
Laßt mich zu eurer Herrin – laßt mich sie einmal sehen.«

GEORGETTE *gibt ihm einen Stoß*

»Nichts da!«

ARNOLPHE

Sehr gut!

ALAIN *gibt ihm einen Stoß*

»Entfernt Euch!«

ARNOLPHE

Ganz recht so!

GEORGETTE *wie oben*

»Schert Euch fort!«

ARNOLPHE

Gut so! Genug jetzt! Schluß!

GEORGETTE

Ihr seht, wir halten Wort!

ALAIN

Benehmen wir uns nicht genau so, wie Ihr wollt?

ARNOLPHE

Genau – bis auf das Geld, das ihr nicht nehmen sollt.

GEORGETTE

Das hatten wir vergessen, jetzt fällt's uns wieder ein.

ALAIN

Beginnen wir das Ganze noch einmal?

ARNOLPHE

Danke, nein!
Genug jetzt, geht ins Haus.

ALAIN

Wir sind sehr gern bereit.

ARNOLPHE

Ich sagte schon: Nein, danke – ich hab' jetzt keine Zeit.
Das Geld könnt ihr behalten – geht nur, bald folg' ich nach,
Und bleibt mir auch in Zukunft ergeben, treu und wach!

Fünfte Szene

Arnolphe

ARNOLPHE

Ich dinge als Spion den Schuster nebenan,
Der alles sehen und genau beschreiben kann.
Im Haus sperr' ich sie ein von dieser Stunde an,
Bewach' sie wie ein Jagdhund, laß' niemanden ihr nah'n,
Die Lockenkräuslerinnen, die Haubenschmückerinnen,
Die Bänderkrämerinnen, die Schnupftuchstickerinnen,
All die Geschöpfe, die in unsere Häuser dringen
Und täglich insgeheim die Sünde mit sich bringen.
Ich kenn' die Welt genau, ich weiß um ihre Tücken,
Der Bursche muß geschickt sein, soll's ihm tatsächlich glücken,
Durch Boten oder Briefe die Sperre zu durchbrechen.

Sechste Szene

Horace, Arnolphe

HORACE

Ein Glück, daß ich Sie finde – ich muß mit Ihnen sprechen.
Mit knapper Müh und Not kam ich noch just davon ...
Als ich von Ihnen ging, sah ich auf dem Balkon
Agnès – sie war allein – erst dachte ich zu träumen –

Sie schöpfte frische Luft, sanft weht' es von den Bäumen,
Sie gab mir einen Wink, ich lief zur Gartentür,
Sie schloß von innen auf – ein Schritt: ich war bei ihr.
Doch kaum erreichten wir ein Zimmer wohlbehalten,
Da hörte sie entsetzt die Schritte ihres Alten,
Die Lage war prekär, doch sie blieb, Gott sei Dank,
Gefaßt und sperrte mich in einen großen Schrank.
Er kommt – ich seh' ihn nicht – ich weiß nur: das ist er!
Mit großen Schritten geht er wortlos hin und her,
Schnappt nur gelegentlich nach Luft ganz wie ein Fisch
Und haut von Zeit zu Zeit wutschnaubend auf den Tisch,
Verprügelt einen Hund, daß der erbärmlich bellt,
Und schmettert an die Wand, worauf sein Auge fällt,
In tausend Scherben birst als Opfer seines Grimms
Sogar ein schöner Krug von dem Kamingesims –.
Ich bin ganz sicher, daß er, der alte dumme Greis
Vom Streich, den sie ihm spielt, schon irgendwoher weiß;
Sodann, zu guter Letzt, nachdem er rabiat
Auf unschuldige Dinge den Zorn entladen hat,
Sagt er noch immer nichts, doch treibt's ihn wieder weg –
Und er geht aus dem Zimmer und ich aus dem Versteck.
Wir beide hatten Angst vor seinem wüsten Treiben,
Ich wagte darum nicht, bei meinem Schatz zu bleiben,
Das wär' zu kühn gewesen; doch soll ich heute nacht
Zu ihr ins Zimmer kommen, ganz spät, verstohlen, sacht
Schleich' ich zu ihrem Fenster, dann huste ich dreimal,
Und seh' ich, daß sie's öffnet, dann gilt das als Signal,
Die Leiter kommt herunter, ich klettere empor,
Ich eile, schwebe, fliege an meines Himmels Tor.
Das mußt' ich Ihnen sagen, mein Freund, drum komm' ich her,
Geteilte Freude wiegt ja bekanntlich doppelt schwer,
Genießt man hundertmal das höchste Glück der Welt,
Es ist doch nicht vollkommen, wenn man's bei sich behält.
Und Sie – ich weiß, Sie werden den Jubel mit mir teilen,
Doch bleibt noch viel zu tun – verzeihen Sie, ich muß eilen!

Siebente Szene

Arnolphe

ARNOLPHE
Wie, hat das Schicksal sich mein Ende vorgenommen
Und läßt von Schlag zu Schlag mich nicht zu Atem kommen?!
Was hilft die Wachsamkeit? Ich muß betroffen sehen,
Wie sie mich Schritt für Schritt gemeinsam hintergehen.
Ein reifer Mann wie ich wird in die Knie gezwungen
Von einem Unschuldslamm und einem dummen Jungen!
Das ewig gleiche Spiel der bösen Ehefrauen
Pflegt' ich als Philosoph gelassen anzuschauen,
Mir durch Beobachtung die lange Zeit zu kürzen,
Wie sie den klügsten Mann ins sichere Unglück stürzen;
Dann nahm ich eine Frau und wollte alle Leiden,
Die ich bei anderen sah, gewissenhaft vermeiden,
Um meine Stirne frei und blank zu präsentier'n
Zum Unterschied von jeder verheirateten Stirn:
An dieses hohe Ziel ging ich so klug heran,
So sorgsam, so durchdacht, als man nur irgend kann,
Jedoch, als wäre es vom Schicksal vorgesehen,
Als dürfte nicht ein Mann auf Erden dem entgehen,
War alle Müh' umsonst – nein, es hat keinen Sinn,
Daß ich in diesem Punkt längst mehr kein Neuling bin.
Was sollen zwanzig Jahre der Vorbereitung nützen,
Um mich in jeder Hinsicht zu sichern und zu schützen,
Um mich zu unterscheiden von allen Ehegatten,
Wenn ich nun das bekomm', was sie seit jeher hatten?!
Doch nein, ich beug' mich nicht, noch kann sich alles wenden,
Der Preis, um den gespielt wird, ist noch in meinen Händen,
Und hat der junge Laffe mir auch ihr Herz gestohlen,
Kann ich ihn noch dran hindern, sich auch den Rest zu holen;
Heut' nacht kommt er zu ihr, heut' will sie ihn erhören,
Doch diese Nacht der Nächte, die will ich ihnen stören!
Bei all dem Mißgeschick bleibt mir doch ein Vergnügen:

Daß man mir Fallen stellt und mitteilt, wo sie liegen,
Er will mich hintergehn mit größter Heimlichkeit,
Und vorher werde ich in alles eingeweiht.

Achte Szene

Chrysalde, Arnolphe

CHRYSALDE
Wollen wir nicht vor dem Nachtmahl ein wenig promenieren?

ARNOLPHE
Ich esse heute nicht.

CHRYSALDE
Was sind das für Manieren?

ARNOLPHE
Verzeihen Sie, lieber Freund, ich hab' den Kopf so voll.

CHRYSALDE
Klappt mit dem Heiratsplan nicht alles, wie es soll?

ARNOLPHE
Das ist wohl mein Geschäft, geht keinen andern an.

CHRYSALDE
Mit einemmal? Was hat man Ihnen denn getan?
Sie werden sich doch nicht am Ende Sorgen machen
Auf Grund von, wie man sagt: auf Grund von Herzenssachen.
Ich möchte darauf schwören, daß Sie in dem Punkt leiden.

ARNOLPHE
Was immer mir geschieht, ich will mich unterscheiden
Von allen jenen Gatten, die still und ohne Mucken
Sich vor den Herren Verehrern der Ehefrauen ducken.

CHRYSALDE
Ich kann es nicht verstehen – wo ist da Nutz und Frommen,
Daß Sie bei dieser Frage so sehr in Hitze kommen,
Daß Sie das wahre Glück nur an dem einen messen
Und alle andere Ehre und Schande ganz vergessen?
Die Geizigen und Feigen, die Schnöden und Gemeinen

Sind nichts in Ihren Augen, verglichen mit dem einen;
Aus welchen Zügen immer ein Leben sich auch fügt:
Ist nur ein Mann integer, den keine Frau betrügt?
Warum behaupten Sie, daß eines Mannes Wert
Von dem abhängt, was ihm durch Zufall widerfährt,
Daß solch ein Mißgeschick für einen Kavalier
Zum ärgsten Makel wird? Er kann doch nichts dafür!
Warum behaupten Sie, es falle auf den Gatten
Je nach der Gattin Wert und Unwert Licht und Schatten?
Er werde zum Gespenst, vor dem ein jeder schaudert,
Wenn sie vor einem Schritt, der sie betrifft, nicht zaudert?
Versuchen Sie es doch, den Mann, dem dies geschehen,
Mit etwas mehr Noblesse in milderem Licht zu sehen,
Des Schicksals Willkür fügt, daß er's zu tragen hat,
Das ist ein Mißgeschick und keine Missetat,
Und ob sich auch die Welt ereifert und erregt,
Entscheidend bleibt allein die Art, *wie* er es trägt;
In erster Linie kommt es immer darauf an,
Daß man in seiner Haltung Extreme meiden kann.
Ihr Vorbild seien nicht die Milden, Allzuzarten,
Die sich beinahe weiden an Übeln solcher Arten,
Die auf die Herren Freunde der Frauen mit Fingern weisen
Und sie beredsam rühmen und ihre Gaben preisen,
Aus ihren Bechern trinken, von ihren Tellern speisen,
Mit ihrer Freundschaft prahlen und gar mit ihnen reisen,
So daß im weiten Umkreis voll Staunen jeder sehen kann,
Daß Frechheit stets noch weiter, als man vermutet, gehen kann.
Ich finde solche Leute verächtlich, doch trotzdem
Verurteil' ich nicht minder das andere Extrem,
Und bin ich auch ein Gegner von Freunden der Betrüger,
Erscheinen mir die Wilden, die Schreihälse nicht klüger,
Die sich so übermäßig zerfleischen, so laut kränken,
Daß sie von allen Seiten die Blicke auf sich lenken,
Als legten sie besonders darauf den größten Wert,
Daß jeder von dem Unheil, das sie betraf, erfährt.
Die Milden und die Wilden, so scheint mir, übertreiben;

Wenn's einen trifft, dann soll er hübsch in der Mitte bleiben,
Gelassen und voll Würde, auf daß er nicht erröte,
Bringt ihn auch seine Gattin in die bewußten Nöte.
Drum lassen Sie's doch gut sein – das Kreuz der Ehegatten
Ist lange nicht so furchtbar, wie Sie's vor Augen hatten;
Mit etwas gutem Willen, das läßt sich nicht bestreiten,
Entdeckt man nach und nach auch seine guten Seiten.

ARNOLPHE

Für diese schöne Rede gebührt Ihnen der Segen,
Verehrtes Oberhaupt, von sämtlichen Kollegen,
Und jeder, der sie hört, wird hingerissen sein
Und trägt sich hochbeglückt bei euch als Mitglied ein.

CHRYSALDE

Da muten Sie mir zu, was ich ja just bestreite –
Doch, fügt sich's, daß die Frau uns dieses Los bereite,
Dann schlag' ich vor, daß man's wie bei den Würfeln hält:
Wenn der ersehnte Wurf, auf den man hofft, nicht fällt,
Soll man mit Fassung tragen, was man nicht wenden kann,
Daß man in guter Haltung das Spiel beenden kann.

ARNOLPHE

Mit einem Wort: gut schlafen und voll Vergnügen essen
Und alles andere um jeden Preis vergessen.

CHRYSALDE

Wenn das ein Scherz sein soll, sei Ihnen nicht verhehlt,
Daß es für mich der Welt an anderen Dingen fehlt;
Ich hab' mit viel mehr Grund vor anderem gezittert
Als vor dem Mißgeschick, das Sie so sehr erbittert,
Und hätt' ich von zwei Übeln das kleinere zu wählen,
Würd' ich – Sie wissen, was – viel herzlicher empfehlen
Als eine jener Frauen, die alle höchlich achten,
Die aus den kleinsten Mücken stets Elefanten machten,
Die wohlgeborenen Drachen, die ständig Tugend geifern
Und sich mit Zucht und Sitte so fürchterlich ereifern
Und die das kleine Unrecht, das sie uns nicht zufügen,
Durch Stolz und Dünkel und durch Arroganz aufwiegen,
Begehren, daß wir in Demut zu ihren Füßen liegen,

Und alles nur darum, weil sie uns nicht betrügen!
Bei dem, was Sie so schreckt, kommt's letztlich darauf an,
Daß man den rechten Reim sich darauf machen kann;
In mancherlei Betracht ist's manchmal fast gelegen
Und wird wohl dann und wann sogar zum reinsten Segen.

ARNOLPHE

Wenn Sie so weit zu gehen gewillt sind – bitte, gern!
Mir liegt der kleinste Schritt in diese Richtung fern,
Und ehe ich mich je in solcher Lage finde ...

CHRYSALDE

Mein Gott, nur keinen Schwur! Der Meineid gilt als Sünde!
Das Schicksal nimmt den Lauf, was immer Sie jetzt sagen,
Man wird Sie, wenn's geschieht, nicht um Erlaubnis fragen.

ARNOLPHE

Ich?? Nie!!

CHRYSALDE

Sie sind ja krank! Mein Freund, verzeihen Sie,
Gibt es nicht Tausende, mit denen Sie sich nie
An Ansehen messen können – Sie sehen, ich bin dreist –
An Herkunft, an Besitz, geschweige denn an Geist ...

ARNOLPHE

Mit wem soll ich mich messen? Ich wüßte nicht, warum!
Ihr witziges Geplauder ist mir schon längst zu dumm,
Beenden wir es.

CHRYSALDE

Gern, weil Wut aus Ihnen spricht,
Der Grund liegt auf der Hand; vergessen Sie nur nicht:
Sei auch der Ehrbarkeit Ihr ganzes Tun geweiht,
Schwören Sie doch lieber nicht! Gefährlich ist der Eid;
Was man vermeiden will, zieht man durch Schwüre an.

ARNOLPHE

Ich schwör' es noch einmal! Ich weiß, ich will und kann
Den bösen Giften durch ein Gegengift entgehen.
Er läuft zu seiner Türe und klopft.

Neunte Szene

Alain, Georgette, Arnolphe

ARNOLPHE

Ihr Freunde, seht mich hier zu euch um Hilfe flehen,
Ihr wißt, ich bin erbaut durch eure Folgsamkeit,
Sie zu bewähren wie nie, ist nun Gelegenheit;
Verdient ihr das Vertrauen, das ich euch stets erwies,
Ist euch nebst meinem Dank auch höchster Lohn gewiß;
Der Herr – ihr wißt schon, wer – nur kein Geräusch gemacht!
Ich hörte es soeben – er möchte heute nacht
Ins Zimmer von Agnès – hier über diese Mauer –
Er deutet auf die Wand des Hauses.
Wir drei jedoch, nicht faul, wir liegen auf der Lauer,
Ein jeder von euch nimmt sich einen starken Knüttel,
Und ist er schon fast oben – just so im letzten Drittel,
Erscheine ich im Fenster und öffne es – und dann
Haut jeder von euch beiden, soviel er will und kann,
Daß seine Hinterseite noch lang die Spuren trägt
Und er sich solche Streiche in Zukunft überlegt –
Doch ohne meinen Namen dabei hinauszuschrei'n,
Ja: keinerlei Erwähnung wird da von Nutzen sein –
Nun, kann ich auf euch rechnen? Ihr helft mir doch, ihr zwei?!

ALAIN

Herr, wenn's zu prügeln gilt, da sind wir gern dabei;
Ihr werdet merken, Herr, die Hand ist gar nicht weich.

GEORGETTE

Und meine, Herr, sieht zwar von außen gar nichts gleich,
Doch paßt nur auf, sie kann trotzdem gewaltig hauen!

ARNOLPHE

Nun gut, und hütet euch, es anderen zu vertrauen. –
Allein
Na warte nur! Das sei dir eine gute Lehre!
Und diente jeder Gatte so eifrig seiner Ehre,
Dann zög' geschlagen ab so mancher Weiberheld
Und um die Frauentugend wär's nicht so schlimm bestellt!

Fünfter Akt

Erste Szene

Alain, Georgette, Arnolphe

ARNOLPHE
Verräter, Übeltäter, was tatet ihr da, was?
ALAIN
Ihr habt es angeschafft, Herr – das taten wir, nur das.
ARNOLPHE
Mein Auftrag war ganz klar; was ist aus ihm geworden?!
Ich sagte »prügeln«, hört ihr? – nur prügeln, nicht ermorden!
Ihr seid an allem schuld, was habt ihr euch erlaubt?
Ich sagte »Hinterseite«, ich sagte nicht »aufs Haupt«;
O Himmel, welches Unheil droht mir durch eure Streiche!
Was fang' ich an mit ihm? Das heißt: mit seiner Leiche?
Hinein mit euch, und wagt nicht, auch nur ein Wort zu sagen
Von dem, was ich ganz harmlos euch beiden aufgetragen!
allein
Bald wird es Tag, ich muß nun schleunigst überlegen,
Was da geschehen ist, was tu' ich denn dagegen?
O weh, was wird aus mir, was wird sein Vater sagen,
Wenn ihm zu Ohren kommt: wir haben ihn erschlagen?

Zweite Szene

Horace, Arnolphe

HORACE *für sich*
Dort drüben steht ein Mensch ... wer mag das sein? – Wer da?
ARNOLPHE *sich allein glaubend*
Es ist ... das wäre ... träum' ich? – Wer hätte je ...
da Horace an ihn anstößt, ihn nicht erkennend Holla!

HORACE

Sind Sie es, Herr Arnolphe?

ARNOLPHE

Ja, aber Sie . . .

HORACE

Horace,

Und wieder im Begriff, die Güte ohne Maß
Des Freundes zu bemühn.

ARNOLPHE *für sich*

Narrt mich die Phantasie?
Ist's Spuk, ist's Zauberei, ist's Phantasmagorie?

HORACE

Entsetzlicher Gefahr bin ich heut' nacht begegnet;
Des Himmels Gnade sei von Herzen drum gesegnet,
Weil sie zur rechten Zeit den besten Freund mir schickte,
Dem ich berichten kann: mein Unternehmen glückte!
Weit besser glückte es, als ich je hoffen wollte,
Dank einem Gegenplan, der es durchkreuzen sollte.
Woher man Wind bekam, das ist mir zwar nicht klar,
Daß mein Besuch bei ihr heut' vorgesehen war,
Doch eben hatt' ich fast das Fenstersims erklommen,
Da stockte mir der Atem, denn ich sah Leute kommen,
Die gegen mich alsbald brutal die Hände hoben,
Ich schwankte und ich fiel nach unten von hoch oben;
Der Sturz, zum Glück recht harmlos, nur schmerzhaft, jäh [und hart,
Hat mir zwei Dutzend Hiebe mit Stöcken wohl erspart.
Die Leute – auch der Alte war sicherlich mit ihnen –,
Die meinen Sturz den Schlägen wohl zuzuschreiben schienen,
Sie dachten, da die Schmerzen mich meine Augen schließen
Und eine lange Zeit ganz reglos liegen ließen,
Ich sei durch ihre Hand brutal dahingestreckt,
Und zeigten sich natürlich betroffen und erschreckt.
Das Schweigen tiefster Nacht wich ihrem wüsten Toben,
Als sie einander wütend und laut die Schuld zuschoben,
In schwarzer Finsternis ihr bitteres Los beklagten

Und tastend sich, ob ich auch wirklich tot sei, fragten.
Ich meinerseits, zum Glück von keinem Licht erhellt,
Hab' den Ermordeten so täuschend dargestellt,
Daß sie alsbald verschwanden mit Klagen und mit Weinen,
Und als ich just beschloß, nicht länger tot zu scheinen,
Erschien Agnès, erfüllt von riesengroßem Wehe
Ob meines frühen Todes in ihrer nächsten Nähe;
Das Toben des Gesindels, das wütende Geschrei
War bis zu ihr gedrungen und rief sie nun herbei.
In der Verwirrung war die Obhut minder strenge,
So daß sie leicht entkam aus der erzwungenen Enge;
Dann sah sie, daß ich lebte, ganz heil war – da begann
Ein Übermaß der Freude, das ich kaum schildern kann.
Frohlocken Sie mit mir – das liebenswerte Kind
Hört nur noch auf die Stimme des Herzens, folgt ihr blind,
Sie will nicht mehr zurück zu diesem rohen Mann,
Sich selbst und ihr Geschick vertraut sie mir ganz an;
Ersehen Sie daraus, wie er den Unschuldsengel
Verbrecherisch gefährdet, der böse alte Bengel:
In peinliche Gefahr geriete ihre Ehre,
Wenn ich kein Kavalier, nicht voll von Liebe wäre,
Doch meine Liebe ist so makellos, so rein,
Ich möchte eher tot als ein Verführer sein,
Zu anderem lockt ihr Reiz, an dem mein Herz sich weidet,
Sie soll mir angehören, bis daß der Tod uns scheidet.
Ich seh' es zwar voraus: Mein Vater ist dagegen,
Doch langsam, mit der Zeit, wird sich sein Groll wohl legen,
Man darf vom Leben nicht zuviel zu schnell verlangen,
Und mehr als alles sonst hält Liebe mich gefangen.
Um was ich Sie nun bitte, diskret, von Mann zu Mann:
Die Holdeste der Holden vertrau' ich Ihnen an,
Gewähren Sie ihr Asyl nur eine kurze Zeit
Um meiner Liebe willen – sind Sie dazu bereit? –
So bleibt vor aller Welt verborgen ihr Verschwinden,
Und jeder weitere Schritt läßt sich in Ruhe finden;
Ein junges Mädchen und ein junger Herr erregen

Stets mißlichen Verdacht; ich wende mich deswegen
An Sie, den Freund, dem ich von Anbeginn vertraut,
Der alles von mir weiß, als Schutzherrn meiner Braut,
Mein hochverehrter Gönner, in Ihre edle Hand
Geb' ich voll Zuversicht den Engel, den ich fand.

ARNOLPHE

Darauf kann ich nur sagen: Es ist mir ein Vergnügen.

HORACE

So bitt' ich nicht vergeblich – darf über Sie verfügen?

ARNOLPHE

Muß ich es zweimal sagen? Es macht mir wirklich Spaß,
Ich hab' schon lange nichts so gern getan wie das.
Zum Himmel sende ich die wärmsten Dankgebete,
Ich bin entzückt, ich wüßte nichts, was ich lieber täte.

HORACE

Sie können gar nicht ahnen, wie sehr Sie mich verbinden;
Ich fürchtete, Sie zögernd und mißtrauisch zu finden,
Doch Sie, als Kavalier, wenn selbst auch abgeklärt,
Ermessen, welche Glut mein Inneres verzehrt.
Mit einem meiner Leute hab' ich sie dort versteckt.

ARNOLPHE

Wie gehen wir nun vor? Wie bleibt es unentdeckt –
Denn es wird langsam hell – hier könnte man uns sehen;
Wenn Sie noch so diskret in meine Wohnung gehen,
Dann schwatzen meine Leute; am besten wär's Sie kämen
Mit ihr zum Gartentor. Dort kann ich sie schnell nehmen,
Und niemand schöpft Verdacht. Ich warte. Nur geschwind!

HORACE

Nein, wie Sie einfallsreich und voller Umsicht sind!
Ich komm' im Augenblick zum Gartentor mit ihr,
Und gehe dann sogleich zurück in mein Quartier.

ARNOLPHE *allein*

O Schicksal, da du dich mir so voll Gnade nahtest,
Machst du viel Böses gut, das du mir bisher tatest.

Dritte Szene

Agnès, Horace, Arnolphe

HORACE
Nur Mut! Nur keine Angst! Es wird ja alles gut,
Nur ein paar Schritte noch, Sie sind in sicherer Hut.
Wenn wir beisammen blieben, wär' unser Bund entweiht,
Sie folgen diesem Herrn und sind in Sicherheit.
Arnolphe nimmt sie an der Hand, ohne daß sie ihn erkennt.

AGNÈS *zu Horace*
Warum verlaßt Ihr mich?

HORACE
Es kann nicht anders sein!

AGNÈS
Von Herzen bitt' ich Euch, laßt mich nicht lang allein.

HORACE
Die Liebe leiht mir Flügel, die Trennung währt nicht lang.

AGNÈS
Wenn ich Euch nicht mehr seh', wird mir ganz angst und bang.

HORACE
Vor Kummer, daß ich gehen muß, zerreißt auch mein Herz
[schier.

AGNÈS
Nein, nein, das ist nicht wahr, Ihr bliebt sonst hier bei mir.

HORACE
Agnès, ich will Sie lieben, bis einst das Aug' mir bricht.

AGNÈS
So sehr, wie ich Euch liebe, so sehr liebt Ihr mich nicht.
Arnolphe zieht sie fort.

AGNÈS
Er zieht mich so!

HORACE
Agnès, uns beiden droht Gefahr,
Wenn es bekannt wird, daß ich allein mit Ihnen war;
Darum hat's unser Freund, der Ihre Hand hält, eilig,
Dem Guten ist Ihr Glück und unsere Zukunft heilig.

AGNÈS

Mit einem fremden Herrn zu gehen ...

HORACE

Nur keine Sorgen,

In seinen Händen sind Sie sicher und geborgen.

AGNÈS

Viel lieber möcht' ich mich in Euren Händen sehen,

Da wär' ich ... *Arnolphe zieht sie wieder.*

Wartet doch!

HORACE

Der Tag kommt, ich muß gehen.

AGNÈS

Wann seid Ihr wieder da?

HORACE

Sehr bald – so bald ich kann.

AGNÈS

Erst wenn Ihr wieder kommt, fang' ich zu leben an!

HORACE *im Fortgehen*

Ich will dem Himmel danken, der sich mit mir verbündet!
Nun kann ich ruhig schlafen – mein Glück ist fest gegründet.

Vierte Szene

Arnolphe, Agnès

ARNOLPHE *den Mantel vor das Gesicht geschlagen*

Kommt mit, wir müssen noch ein Stückchen weitergehn,
Ein anderes Quartier ist für Euch vorgesehn.
An einem sichern Ort will ich Euch gut verstecken.
Sich zu erkennen gebend
Erkennt Ihr mich nicht?

AGNÈS *erkennt ihn*

Ah!!

ARNOLPHE

Da nützt dir kein Erschrecken,

Du Teufelin, du Ausbund, kein Zittern, kein Erbleichen,

Ich werde nicht so bald von deiner Seite weichen;
Aus deinem Liebestraum erwachst du. Das ist bitter.

AGNÈS *sieht sich um, ob sie Horace nicht noch sehen kann.*

ARNOLPHE
Vergebens spähst du aus nach deinem holden Ritter,
Er kann dir nicht mehr helfen, er ist schon viel zu weit! –
Mein Gott: so jung, so harmlos, und so voll Schlechtigkeit!
Ein Wesen, unschuldsvoll, wie eben neugeboren,
Fragt, wie die Kinder kommen – vielleicht aus unseren Ohren? –
Und hat mit einem Jüngling sich frech und unverhohlen
Auf offener Straße still bei Nacht davongestohlen.
Und wie sie mit ihm schnäbelt und von der Liebe spricht,
An welcher hohen Schule gab man dir Unterricht?
Gelehrig wirfst du ihm die Leiter aus dem Fenster
Um Mitternacht und scheust nicht Geister noch Gespenster ...
Hat dein Verehrer dich in einer kurzen Nacht
So mutig, so beherzt und so gemein gemacht? –
Trotz all den schönen Gaben, die ich dir stets bescherte,
Du kleine Schlange, die ich an meinem Busen nährte
Und wärmte und liebkoste – die, ohne Grund erbost,
Den peinigt, der sie nährt, sie wärmt und sie liebkost.

AGNÈS
Warum beschimpft Ihr mich?

ARNOLPHE
Hab' ich vielleicht nicht recht?

AGNÈS
Das, was geschehen ist, das war ja gar nicht schlecht.

ARNOLPHE
Mit einem Mann zu gehen, das zeugt wohl von Charakter?

AGNÈS
Der Mann, der möchte mich als seine Gattin, sagt er.
Ich war sehr aufmerksam, Ihr habt mir beigebracht,
Daß jeder Ehestand aus Sünde Segen macht.

ARNOLPHE
Deshalb wirst du mit mir im Ehestand vereint,
Das hab' ich dir auch nicht verheimlicht, wie mir scheint.

AGNÈS

Gerad' heraus gesagt – nur zwischen Euch und mir –
Er ist für diesen Zweck geeigneter als Ihr,
Der Ehestand mit Euch würd' mich ganz sicher quälen,
Ich war schon schlecht gelaunt allein nur beim Erzählen.
Was er davon erzählt, war mir so angenehm,
Daß ich als Ehefrau zu ihm viel lieber käm'.

ARNOLPHE

Betrügerin, du liebst ihn!

AGNÈS

Ja, ja, ich liebe ihn.

ARNOLPHE

Und ohne zu erröten, sagst du das vor dich hin?

AGNÈS

Man muß die Wahrheit sagen; ist sie nicht dazu da?

ARNOLPHE

Du darfst ihn doch nicht lieben, weißt du das nicht?

AGNÈS

Ach ja!

Was kann ich denn dafür? Nur er ist schuld daran,
Ich hab's ja nicht gewollt, hab's nicht zufleiß getan.

ARNOLPHE

Das sündige Gelüst hättest du vertreiben sollen.

AGNÈS

Man kann, was gar so schön ist, doch nicht vertreiben wollen.

ARNOLPHE

Und daß es mir nicht paßt, hast du das nicht gesehen?

AGNÈS

Nein, wirklich nicht, warum denn? Was ist Euch denn geschehen?

ARNOLPHE

Mir? Nichts! Ich juble laut – warum? – weil nichts geschah.
Mit einem Wort: du liebst mich also nicht?

AGNÈS

Euch?

ARNOLPHE

Ja.

AGNÈS

Nein.

ARNOLPHE

Nein?!

AGNÈS

Ihr wollt doch stets, daß ich die Wahrheit spreche?

ARNOLPHE

Warum liebst du mich nicht, du Unverschämte, Freche?

AGNÈS

Mein Gott, weshalb denn mir die Schuld daran zuschieben?
Vielleicht ist's Eure Schuld. Ihr seid nicht zum Verlieben!
Hab' ich Euch dran gehindert, gestört? Ich denke: nein.

ARNOLPHE

Ich tat, was ich nur konnte, um schätzenswert zu sein;
Doch alle meine Mühe und Sorgsamkeit war nichtig.

AGNÈS

Dann kann er's eben besser, denn er macht es so richtig,
Ganz ohne Müh' und Sorge wird er von mir geschätzt.

ARNOLPHE

Seh einer dieses Gänschen, wie das den Schnabel wetzt,
Den ausgekochten Damen der Stadt steht sie nicht nach;
Ich hab' sie wohl verkannt – doch nein, in diesem Fach
Sind Gänse überlegen den klügsten Männerköpfen,
Weil im Geschnatter sie all ihre Kraft erschöpfen.
Nun, undankbares Kind, hast du's wohl schon erwogen:
Man hat auf meine Kosten dich jahrelang erzogen.

AGNÈS

Das zahlt er Euch zurück bis auf den letzten Sou.

ARNOLPHE

Er ist wohl nicht bei Trost – wie kommt er denn dazu?
Und wenn er noch so reich und noch so mächtig ist,
Kann er mir doch nie geben, was du mir schuldig bist.

AGNÈS

Das ist gar nicht so viel, das überschätzt Ihr nur.

ARNOLPHE

Ich ließ dich seit der Kindheit erziehen, du Kreatur!

AGNÈS

Das war auch etwas Rechtes, das habt Ihr gut gemacht,
Die allerschönste Bildung habt Ihr Euch ausgedacht,
Es liegt nur an der Lehrzeit, es liegt nicht am Verstand –
Wie es hier drinnen aussieht, das hab' ich längst erkannt,
Ich schäm' mich und ich kränk' mich, ich bin just klug genug,
Zu wissen, daß ich dumm bin, und wär' so gerne klug.

ARNOLPHE

So willst du, daß dein Ritter dich in die Schule nimmt!?
Du suchst bei ihm Erziehung und Bildung?

AGNÈS

Ja, das stimmt.
Das bißchen, das ich weiß, wer gab mir das? Nur er.
Euch dank ich herzlich wenig, ihm danke ich viel mehr.

ARNOLPHE

Ich weiß nicht, was mich abhält, dich gründlich zu verprügeln,
Um deine Unverschämtheit mit einem Schlag zu zügeln;
Was du so frech behauptest, das steigert meine Wut,
Die Hiebe täten mir und täten dir sehr gut.

AGNÈS

Nur los, wenn Euch das Spaß macht und wenn Ihr Euch
[nicht schämt!

ARNOLPHE *für sich*

Das Wort besänftigt mich – der Blick hat mich gelähmt,
Mein Herz wird wieder weich und fängt zu glauben an,
Daß es vergessen kann, was sie mir angetan;
Wer dächte, daß ein Mann, der liebt, imstande sei
In Gnade zu verzeihen Betrug, Verräterei?!
Die Frau ist unvollkommen, das weiß ja alle Welt,
Es ist nur Laune, Schwäche, wenn sie in Schlingen fällt,
Ihr Geist ist unbeholfen und ihre Seele stumpf,
Kein Mann ist so verworren, so kraftlos und so dumpf,
Die Frau kennt keine Treue – genau durchschaut man sie,
Und doch: man gibt sein Bestes für so ein kleines Vieh.
Zu Agnès
Nun denn, du kleine Hexe, ich laß' das Streiten sein,

Ich hab' dich wieder gern, ich werde dir verzeih'n,
Du magst daraus ersehen: von Herzen lieb' ich dich;
Da ich dazu bereit bin, sei dankbar: lieb auch mich!

AGNÈS

Ich will von Herzen gern nicht rasten und nicht ruh'n
Und was ich für Euch tun kann, für Euch mit Freuden tun.

ARNOLPHE

Du liebe, arme Kleine, du kannst – wer will, der kann.
Mit einem gespielten Seufzer
Hör doch nur diesen tiefen verliebten Seufzer an,
Sieh meinen Blick ersterben, prüf mich von Kopf zu Fuß
Und mach mit diesem Buben und seiner Liebe Schluß.
Durch üble Zauberkünste hat er dein Herz behext,
Doch wisse, daß das Glück dir nur bei mir erwächst.
Du wünschst dir schöne Kleider, du möchtest elegant sein,
Ich schwöre dir: das alles wird stets für dich zur Hand sein,
Was du nicht willst, wird ständig aus unserm Haus verbannt [sein,
Ich werde dich liebkosen, will zärtlich und galant sein,
Dich herzen und dich küssen, in Liebe stets entbrannt sein,
Nichts wird mit meiner Liebe auch nur entfernt verwandt sein,
Ich sag' nichts mehr, das Weit're wird dir sehr bald bekannt [sein ...
für sich
Wozu kann doch ein Mann voll Leidenschaft imstand' sein!
wieder zu ihr
Willst du Beweise haben – du brauchst es nur zu sagen!
Soll ich noch seufzen? Weinen? Soll ich die Brust mir schlagen?
Mir selbst das Haar ausreißen? Soll ich mich töten? Sprich!
Sag, was du willst – und was du verlangst, vollbringe ich.
Bereit zu allen Proben und Opfern steh' ich da.

AGNÈS

Das alles, was Ihr sagt, das geht mir gar nicht nah.
Zwei Worte von Horace sind mehr als diese alle.

ARNOLPHE

Ha! Jetzt hab' ich genug! Aufs neue kocht die Galle.

Es kommt, wie's kommen muß, verworf'ne Kreatur,
Im nächsten Augenblick verliert sich deine Spur!
Du wagst es, mir zu trotzen, mir frech zu widersprechen –
Das Kloster, eng und finster, soll deinen Frevel rächen!

Fünfte Szene

Alain, Arnolphe

ALAIN
Ein Wunder, Herr! Mir scheint – ich sag' es nur mit Bangen –
Die Leiche und Agnès sind heimlich fortgegangen.

ARNOLPHE
Hier ist sie, sperr sie gleich in meinem Zimmer ein,
Dort kann er sie nicht suchen, dort wird sie sicher sein,
Es ist auch nicht für lange, ich hol' sie bald heraus,
Ich suche einen Wagen – ich weiß ein andres Haus,
Dort ruht sie dann in Frieden, das wird ihr prächtig taugen,
Sperr nur gut zu und laß sie mir ja nicht aus den Augen! –
Allein
Und ist sie eine Weile in Einzelhaft verbannt,
Dann wird sie wohl bald mürbe und frißt mir aus der Hand.

Sechste Szene

Horace, Arnolphe

HORACE
Wie schön, daß ich Sie sehe – ich muß Ihnen berichten:
Der Himmel will nun mich und will mein Glück vernichten.
Durch einen Schicksalsschlag von höchster Grausamkeit
Sind wir, mein Schatz und ich, für alle Zeit entzweit.
Mein Vater, der ja plante zu kommen, ist schon da,
Vom Wagen stieg er eben – dort, gleich ums Eck, ganz nah,

Den Anlaß seiner Reise, mir bisher unbekannt,
Hat er in aller Eile mir gleich zuerst genannt:
Er wählte mir zur Ehe die Braut nach seinem Sinn,
Und kam hierher, in Kürze die Trauung zu vollzieh'n.
Ermessen Sie, der mir schon so viel Huld bewies,
Ob es ein ärgres Unheil wohl geben kann als dies;
Und jener Herr Enrique, nach dem ich Sie befragt,
Ist schuld an dieser Wendung, die mir mein Glück versagt,
Er reist mit meinem Vater, um – ist das nicht zum Weinen? –
Die Hände seiner Tochter mit meinen zu vereinen.
Schon bei den ersten Worten bin ich vor Schreck erblichen,
Ich wollte nichts mehr hören, bin heimlich fortgeschlichen,
Und da mein Vater Sie gleich aufzusuchen plant,
Bin ich in meiner Not hierher vorausgerannt.
Verraten Sie ihm nichts von meines Herzens Leiden,
Es könnte ihn erzürnen, das möchte ich vermeiden,
Doch schätzt er Ihren Rat – ich bitte Sie deswegen:
Die andere Verbindung, ach, sprechen Sie dagegen!

ARNOLPHE

Recht gern!

HORACE

Er möge sie doch wenigstens verschieben,
Das setzen Sie wohl durch, mein Freund, wenn Sie mich lieben.

ARNOLPHE

Das setze ich wohl durch.

HORACE

O gütiger Berater!

ARNOLPHE

Zuviel der Ehre!

HORACE

Nein, Sie sind ein zweiter Vater.
Und sagen Sie ihm noch ... Da kommen sie schon her,
Vernehmen Sie nur rasch, was noch zu sagen wär'!
Er zieht sich mit ihm zurück und redet unhörbar auf ihn ein.

Siebente Szene

Enrique, Oronte, Chrysalde, Horace, Arnolphe

ENRIQUE *zu Chrysalde*
Kaum daß ich Euch geseh'n – hätt' ich auch nicht geahnt,
Wer mir entgegentritt – ich hätt' Euch gleich erkannt:
Den Bruder jener Frau, die einst die meine war,
Die große Ähnlichkeit verrät das sonnenklar;
Wie wär' ich froh gewesen, hätt' mich das Schicksal hier
Zur Ruhe kommen lassen, am Ziel, zu zweit mit ihr,
Daß wir daheim vereint in unsrer Lieben Nähe
Dem Tod entgegensehen nach manchem Ach und Wehe.
Doch hoher Ratschluß wollte, daß alles anders kam,
Und da der Tod mein Weib von meiner Seite nahm,
Schick' ich mich drein und will die Tochter doppelt lieben,
Die mir als Unterpfand der Seligen geblieben.
Sie steht Euch nah, und drum will ich ihr Schicksal nicht
Entscheiden, wenn ein Wort von Euch dagegenspricht,
Der Sohn des Herrn Oronte hat sicher viel für sich,
Doch muß die Wahl auch Euch erfreuen, nicht nur mich.

CHRYSALDE
Der würde meinen Sinn für Menschen unterschätzen,
Der meint, ich könnte mich dem Freier widersetzen!

ARNOLPHE *beiseite zu Horace*
Nun will ich Ihr Geschäft besorgen, treu und gut.

HORACE *beiseite zu Arnolphe*
Vermeiden Sie nur, ihm von mir . . .

ARNOLPHE
Getrost! Nur Mut!

ORONTE *zu Arnolphe*
Ich grüße Sie, mein Freund, mit großer Herzlichkeit.

ARNOLPHE
Willkommen! Ihr Besuch kommt zu gelegener Zeit.

ORONTE
Ich habe hier . . .

ARNOLPHE

Sie können sich lange Reden sparen,
Ich weiß, was Sie hierherführt.

ORONTE

Sie haben's schon erfahren?

ARNOLPHE

Ja.

ORONTE

Um so besser.

ARNOLPHE

Mag Ihr Sohn sich noch so weigern
Und seinen Widerstand und Trotz auch noch so steigern,
Er bat mich, ihn vor dieser Verbindung zu beschützen,
Mein Rat hingegen ist – der Plan wird allen nützen –
Als Vater haben Sie das Recht und die Gewalt,
Die Heirat zu vollziehen, drum tun Sie's, und zwar bald,
Denn Milde oder Schwäche wird keinen Segen bringen,
Oft pflegen Väter Söhne zu ihrem Glück zu zwingen.

HORACE *für sich*

Verräter!

CHRYSALDE

Wenn sein Herz sich gegen uns empört,
Ist's nur gerecht, daß man auf seine Worte hört;
Da denkt wohl Freund Oronte ganz ebenso wie ich.

ARNOLPHE

Der Sohn beherrscht den Vater? Das wäre lächerlich!
Sind denn die Männer heute so weich und ohne Mark
Und nur die jungen Leute entschlossen, kühn und stark?
Ich frage, meine Herren, seit wann ein Untertan,
Der dem Gesetz gehorcht, Gesetze geben kann!
Nein, nein, Sie sind mein Freund, Sie dürfen nicht versagen,
Ihr Wort ist längst verpfändet, er muß die Folgen tragen,
Sie sind ein Mann von Ehre, nun werden Sie nicht weich,
Der junge Mensch muß Ihnen gehorchen, und zwar gleich.

ORONTE

Das nenn' ich gut gesprochen, mein Freund, Sie sollen sehen:

Es wird in jeder Hinsicht das, was ich will, geschehen.

CHRYSALDE *zu Arnolphe*

Ich find' es überraschend, das kann ich nicht verschweigen,
Welch einen Feuereifer Sie in der Sache zeigen.
Ich kann's mir nicht erklären – wie kommen Sie dazu?

ARNOLPHE

Ich weiß das, was ich weiß, und tu' das, was ich tu'.

ORONTE

Ja, lieber Freund Arnolphe ...

CHRYSALDE

Der Name macht ihm Pein;
Er ist Herr de la Souche und will nichts andres sein.

ARNOLPHE

Tut nichts zur Sache.

HORACE

Wie? Was hör' ich?

ARNOLPHE *sich zu Horace wendend*

Wer ich bin!
Und was ich tat, enthüllt jetzt seinen wahren Sinn.

HORACE *für sich*

Dann wäre er ja ...

Achte Szene

Georgette, Enrique, Oronte, Chrysalde, Horace, Arnolphe

GEORGETTE

Herr, kommt schnell! 's ist fürchterlich,
Agnès ist kaum zu halten und schlägt wie wild um sich,
Auf und davon will sie und rüttelt an der Tür,
Sie springt noch aus dem Fenster – wir können nichts dafür!

ARNOLPHE

Führt sie sogleich hierher, und diese Stunde noch
Bring' ich sie fort von hier.
Zu Horace
Nun – Sie gestatten doch?

Zuviel Glück macht zu stolz – das Sprichwort mag Sie trösten,
Mich tröstet dieses: Wer zuletzt lacht, lacht am besten.

HORACE *für sich*

O Himmel, welcher Schmerz war je so riesengroß?!
Und wer sank je so tief in eines Abgrunds Schoß!

ARNOLPHE *zu Oronte*

Den Hochzeitstag bestimme man mit der größten Hast;
Ich komme gern, ich lade mich jetzt schon ein als Gast.

ORONTE

Das war auch unsre Absicht.

Neunte Szene

Agnès, Alain, Georgette, Oronte, Enrique, Arnolphe, Horace, Chrysalde

ARNOLPHE

Komm her, du Liebe, Gute,
Du hast um dich geschlagen, dir war nach Flucht zumute?
Hier ist dein stolzer Freier – zur Krönung seines Glücks
Mach nun vor ihm zum Abschied mit Anstand einen Knicks.
Zu Horace
Auf Wiedersehen, die Lösung mag Ihre Pläne stören,
Doch jede Frau kann eben nur einem Mann gehören.

AGNÈS

Horace, Ihr laßt mich fort? Ihr duldet, daß ich geh'?

HORACE

Ich bin dem Tode nah, mir tut das Herz so weh.

ARNOLPHE

Genug geplaudert, komm!

AGNÈS

Mit Euch will ich nicht gehen!

ORONTE

Erklären Sie uns, bitte, was wir mit Staunen sehen.
Was ist des Rätsels Lösung? Wir ahnen sie noch nicht.

ARNOLPHE

Ich gebe bald in Muße ausführlichen Bericht.
Auf Wiedersehen!

ORONTE

Was soll der Ton? Sie wollen fort,
Sie hörten meine Frage und sagen nicht ein Wort?

ARNOLPHE

Sie hörten meinen Rat, mag es ihn auch verdrießen,
Auf Heirat zu bestehen.

ORONTE

Doch um den Bund zu schließen –
Sie, der Sie alles wissen, wie kann's Ihnen entgehen:
Sie haben meines Sohns Verlobte bei sich stehen,
Die langentbehrte Tochter des guten Herrn Enrique
Aus der geheimen Ehe mit seiner Angélique.
Wie können Sie Ihr Tun und Reden nun begründen?

CHRYSALDE

... das wir, verzeihen Sie, doch recht erstaunlich finden!

ARNOLPHE

Wie???

CHRYSALDE *mit Bezug auf Agnès*

Meiner Schwester Tochter aus der geheimen Ehe,
Auf daß kein Anverwandter das Mädchen jemals sehe ...

ORONTE

Und daß auch sonst kein Mensch von ihrem Dasein ahnt,
Ward sie mit falschem Namen verborgen auf dem Land.

CHRYSALDE

Und dann hat ihn das Schicksal mit unbarmherziger Hand
Aus seiner teuren Heimat weit übers Meer verbannt.

ORONTE

Er mußte tausend Nöte und Prüfungen erleiden
In einer Welt, von der uns die Ozeane scheiden.

CHRYSALDE

Dort hat er sich mit Eifer das alles neu erworben,
Was ihm durch Trug und Mißgunst im Heimatland
[verdorben.

ORONTE

Zurückgekehrt, begann er in nimmermüdem Streben
Die Bäuerin zu suchen, der man sein Kind gegeben.

CHRYSALDE

Und von der Bäuerin hat er sodann erfahren:
Es kam in Ihre Obhut im Alter von vier Jahren.

ORONTE

Weil sie, die bettelarm war, sonst keinen Ausweg fand,
Und Sie, Sie waren als gütig und wohltätig bekannt.

CHRYSALDE

Und als er diese Kunde voll Seligkeit vernommen,
Ließ er besagte Bäuerin auch heute hierher kommen.

ORONTE

Sie ist in nächster Nähe, bereit, herbeizueilen
Und aller Welt die Lösung des Rätsels mitzuteilen.

CHRYSALDE

Ich kann mir unschwer denken, daß Sie nun ehrlich leiden,
Doch was bleibt Ihnen übrig? Sie müssen sich bescheiden.
Wer sich als höchstes Ziel setzt: nur nicht betrogen werden,
Der nehme keine Frau, solang' er lebt auf Erden.

ARNOLPHE

Oh!!

Er versucht vergeblich zu reden und geht.

ORONTE

Was ist das? Er geht und sagt kein Wort?

HORACE

Geduld!

Ihr sollt sogleich erfahren, wie durch des Schicksals Huld
Der Zufall eben das so schön zustandgebracht
Auf rätselhaften Wegen, was Ihr Euch ausgedacht;
Er fügte, daß ich mich mit diesem holden Kinde,
Das Ihr für mich bestimmt habt, in Liebe nun verbinde,
Sie ist's, Agnès, die Ihr als Schwiegertochter wolltet,
Die ich nicht lassen konnte, weswegen Ihr mir grolltet.

ENRIQUE

Dran hab' ich nicht gezweifelt, seit ich ihr Antlitz sah,

Ich bin bewegt, erschüttert und sag' von Herzen Ja,
O Tochter, liebste Tochter, ich bin zutiefst gerührt.

CHRYSALDE

Auch ich hab' solches Glück schon lange nicht verspürt.
Doch hier ist nicht der Ort für ein Familienfest,
Erst gehen wir in sein Haus – bis auf den letzten Rest
Wird unser Freund bezahlt – wir nehmen nichts geschenkt –
Dann danken wir dem Himmel, der alles weise lenkt.

Kritik der ›Schule der Frauen‹

(La Critique de l'École des Femmes)

Komödie in einem Akt

I. Sauué fec.

LA CRITIQ. DE L'ESCOLE DES FEMES

Personen

URANIE
ÉLISE
CLIMÈNE
GALOPIN, Lakai
DER BARON
DORANTE
LYSIDAS, DICHTER

Die Handlung begibt sich in Paris (ein Salon im Palais der Uranie).

Erste Szene

Uranie, Élise

URANIE Wie, Cousine? – ist noch kein Besucher hier bei dir erschienen?

ÉLISE Kein einziger.

URANIE Das ist aber wirklich ungewöhnlich, daß wir beide heute den ganzen Tag allein bleiben.

ÉLISE Ich wundere mich darüber wie du, denn es widerspricht durchaus dem, was wir gewohnt sind; unser Haus ist ja, Gott sei's gedankt, die traditionelle Zufluchtstätte aller Nichtstuer vom Königshof.

URANIE Ehrlich gesagt: der Nachmittag ist mir recht langsam vergangen.

ÉLISE Mir ist er sehr kurz vorgekommen.

URANIE Schwarmgeister lieben eben die Einsamkeit, Cousine.

ÉLISE Meinen tiefgefühlten Dank für den Schwarmgeist; aber du weißt, daß mein Ehrgeiz nicht dahin geht.

URANIE Ich muß gestehen: ich bin recht gern in Gesellschaft.

ÉLISE Ich ebensogern; doch will ich mir die Gesellschaft aussuchen. Viel zu oft gibt mir die Menge der törichten Besucher, die man in Kauf nehmen muß, Sehnsucht nach den Freuden des Alleinseins.

URANIE Wer nur mit erlesenen Geistern umzugehen vermag, scheint mir aber doch zu wählerisch.

ÉLISE Und wer unterschiedslos mit allen Arten von Menschen umgehen mag, scheint mir zu entgegenkommend.

URANIE Ich unterhalte mich mit den Vernünftigen und über die Närrischen.

ÉLISE Die Narren werden uns doch recht lästig; die meisten Besucher dieser Art langweilen uns schon beim zweitenmal unsagbar. Übrigens: da wir gerade von den Narren reden – möchtest du mich nicht von diesem unerträglichen Baron erlösen? Soll ich ihn denn ewig auf dem Hals haben – meinst du, ich könnte seine abgeschmackten Witzeleien auf die Dauer ertragen?

URANIE Er redet so, wie es derzeit Mode ist; bei Hof haben sie viel Spaß dran.

ÉLISE Dann tun sie mir leid, wenn ihnen den ganzen Tag nichts Besseres einfällt als diese unmögliche Sprache. Das hat uns noch gefehlt, daß man sich in den Schlössern einer zweideutigen und überholten Redeweise befleißigt, die man vom Markt und von der Vorstadt eingeschleppt hat! Wirklich die gegebene Konversation für unsere Kavaliere, diese Wortspielereien, die niedrigste Form des Humors! Ja, es ist ungeheuer geistreich, wenn einer von diesen Herren uns sagt: ›Verehrteste, ich warne Sie vor den Hafenstädten Calais und Boulogne – die riechen übel, denn sie liegen unmittelbar am Kanal!‹ Das ist elegant, das ist intelligent, nicht wahr? Die Erfinder dieser reizenden Scherze sind gewiß ganz begeistert von ihrem Einfallsreichtum.

URANIE Man sagt dergleichen ja nicht, um sich als geistreich zu erweisen; fast alle, die in dieser Manier reden, wissen recht gut, wie lächerlich sie sind.

ÉLISE Um so schlimmer: sich mühsam dummes Zeug zurechtlegen und ganz bewußt schlechte Witze machen. Ich muß ihnen alle mildernden Umstände aberkennen – und wäre ich Richter, ich wüßte schon, wozu ich sämtliche Witzbolde zu verurteilen hätte.

URANIE Wenn dieses Thema dich zu sehr aufbringt, reden wir lieber über Dorante; ich finde, er kommt recht spät, da wir doch miteinander abendessen wollen.

ÉLISE Vielleicht hat er's vergessen und ist . . .

Zweite Szene

Galopin, Uranie, Élise

GALOPIN Climène läßt sich bei Ihnen anmelden, gnädige Frau.

URANIE Du guter Gott, die hat mir gerade gefehlt!

ÉLISE Du beklagst dich ja über die Einsamkeit; da hast du die gerechte Strafe.

URANIE Schnell – man sage ihr, daß ich nicht da bin.

GALOPIN Sie hat schon gehört, daß die gnädige Frau zuhause ist.

URANIE Welcher Schwachkopf hat ihr das gesagt?

GALOPIN Ich, gnädige Frau.

URANIE Verwünschter kleiner Kobold! Ich will dich lehren, eigenmächtig Auskünfte zu geben!

GALOPIN Ich sage ihr, daß die gnädige Frau sagt: die gnädige Frau ist ausgegangen.

URANIE Halt, du Esel! Da das Unheil schon geschehen ist, führ sie herauf.

GALOPIN Sie redet noch mit jemandem draußen vor dem Tor.

URANIE Ach, Cousine, dieser Besuch ist mir gerade jetzt gar nicht willkommen.

ÉLISE Ganz gewiß hat die Natur diese Dame mit etlichen peinlichen Eigenschaften ausgestattet. Sie war mir von Anfang an fürchterlich, denn, ohne ihr etwas Übles nachsagen zu wollen: sie ist die dümmste Gans, die je in unseren Kreisen gewagt hat, das Wort zu ergreifen.

URANIE Du bist recht unduldsam.

ÉLISE Ach was, sie verdient es nicht anders – und noch mehr als das, wenn man ihr Gerechtigkeit widerfahren läßt. Gibt es eine andere, auf welche die Bezeichnung ›eine Preziöse‹ mit mehr Berechtigung anzuwenden wäre, wenn wir das Wort in seiner übelsten Bedeutung verstehen?

URANIE Sie würde sich aber gegen diese Bezeichnung entschieden verwahren.

ÉLISE Gewiß, gegen die Bezeichnung, aber mit Unrecht gegen

die Bedeutung des Wortes. Ja, sie ist's vom Scheitel zur Sohle, sie ist die gezierteste Person der Welt. Man meint, daß jede Stelle ihres Körpers von jeder anderen Stelle unabhängig ist – sie bewegt die Beine, sie bewegt die Schultern, sie bewegt den Kopf, als würden sie von besonderen Sprungfedern gelenkt. Sie hat sich einen schmachtenden, kindlichen Tonfall zurechtgelegt, sie spielt das kleine Mädchen mit dem Schmollmündchen und rollt die Augen, damit sie recht groß aussehen.

URANIE Aufgepaßt! Wenn sie das hört ...

ÉLISE Nein, nein, sie kommt nicht so schnell. Ich erinnere mich, als wär's gestern gewesen, wie sie eines Abends unbedingt Damon bei sich sehen wollte, weil er so berühmt ist und weil jeder über seine großartigen Werke spricht. Du weißt, wie er ist und wie ungern er an der Unterhaltung teilnimmt. Sie hatte ihn mit vielen anderen, die sie für große Geister hält, zum Abendessen eingeladen, und da saß nun der Arme wie ein Dummkopf vor einem Dutzend von Leuten, die sie ihm gegenüber gesetzt hatte und die ihn mit großen Augen anstarrten, als wäre er von anderer Beschaffenheit als die anderen Menschen. Sie meinten, er wäre dazu da, die ganze Gesellschaft zu erheitern, jedes Wort, das er hören ließ, müßte etwas ganz Besonderes sein: er würde über jedes Gesprächsthema sogleich einen geistreichen Aphorismus prägen, und sogar wenn er etwas zu trinken verlangen wollte, würde das eine unbändig komische Bemerkung sein. Aber er hat sie durch seine Schweigsamkeit bitter enttäuscht. Und die Dame war von ihm ebensowenig begeistert wie ich von ihr.

URANIE Sei jetzt ruhig; ich geh' ihr an die Tür entgegen.

ÉLISE Nur noch eines: Ich wollte, daß sie unseren Baron heiratet. Das wäre das köstlichste Gespann: eine Preziöse und ein alberner Spaßvogel.

URANIE Wirst du ruhig sein?! Da ist sie.

Dritte Szene

Climène, Uranie, Élise, Galopin

URANIE Es ist wirklich schon recht spät und ...

CLIMÈNE Sch, ich flehe Sie an, lassen Sie mich doch, bitte, gleich sitzen.

URANIE Schnell, einen Fauteuil!

CLIMÈNE Oh, mein Gott, mein Gott!

URANIE Was ist denn geschehen?

CLIMÈNE Ich kann nicht mehr.

URANIE Was haben Sie?

CLIMÈNE Mir bleibt das Herz stehen!

URANIE Leiden Sie an Beklemmungen?

CLIMÈNE Nicht doch!

URANIE Soll man Sie aufschnüren?

CLIMÈNE Mein Gott, nein. – Ah!

URANIE Was fehlt Ihnen also? Und seit wann sind Sie unpäßlich?

CLIMÈNE Seit etwa drei Stunden – im Theater hat es mich befallen, in Palais Royal.

URANIE Wie das?

CLIMÈNE Ich bin für alle meine Sünden gestraft, denn ich habe dieses nichtswürdige Machwerk ›Die Schule der Frauen‹ gesehen. Mir ist davon noch immer ganz übel, und ich glaube, ich werde vierzehn Tage brauchen, um mich zu erholen.

ÉLISE Ja, ja, eine solche Krankheit überfällt einen, ehe man sich dessen versieht.

URANIE Ich weiß nicht recht, ob wir ein anderes Naturell haben, meine Cousine und ich, aber wir waren vorgestern in diesem Stück und sind gesund und munter herausgekommen.

CLIMÈNE Ach, Sie haben es gesehen?

URANIE Gesehen und gehört von Anfang bis zum Ende.

CLIMÈNE Und Sie haben keine Krämpfe bekommen, meine Liebe?

URANIE Ich bin zum Glück nicht so empfindlich – ja, ich glaube sogar, daß diese Komödie Leute eher gesund als krank machen könnte.

CLIMÈNE Ach, du mein Gott, was sagen Sie da?! Kann ein Wesen mit einer Spur von Verstand und Geschmack eine derartige Meinung äußern? Kann man denn ungestraft der Vernunft ins Gesicht schlagen? Kann man, geradeherausgesagt, jeden Sinn für Humor derart verlieren, daß man an den Abgeschmacktheiten Gefallen findet, mit denen das Stück gespickt ist?! Ich – nein, ich muß gestehen, daß ich nicht das kleinste bißchen Witz bemerken konnte. Die Kinder kommen aus den Ohren – das ist doch ganz, ganz schauerlich geschmacklos. Der Reim von Herz auf Sterz hat mir Kopfschmerzen gemacht. Und bei der Geschichte von der Suppe hat sich mir der Magen umgedreht.

ÉLISE Mein Gott, wie gewählt Sie sich ausdrücken! Ich hätte gedacht: das wäre ein gutes Stück; aber Sie haben eine so überzeugende Manier zu argumentieren, Verehrte, Sie formulieren derart köstlich, daß man sich Ihrer Meinung wohl oder übel anschließen muß.

URANIE Ich für meinen Teil bin nicht so entgegenkommend. Ich finde vielmehr: ›Die Schule der Frauen‹ ist eine der reizendsten Komödien, die diesem Autor bisher gelungen sind.

CLIMÈNE Ach, da tun Sie mir aber wahrhaftig bitter leid, und ich möchte gegen diesen Defekt Ihres Geschmacks etwas unternehmen. Kann man denn tugendhaft sein und trotzdem Vergnügen an einem Stück empfinden, dem jedes Schamgefühl abhanden gekommen ist und das unablässig unsere Phantasie beschmutzt?

ÉLISE Das haben Sie wieder ganz entzückend ausgedrückt! Sie sind ja eine streitbare Kritikerin, Verehrteste, und der arme Molière kann mir nur leidtun, wenn er Sie zur Gegnerin hat.

CLIMÈNE Glauben Sie mir, Liebste, Sie müssen sich zu einer anderen Meinung durchringen. Wenn Ihre Ehre Ihnen lieb ist, sagen Sie nie in Gesellschaft, daß diese Komödie Ihnen gefallen hat.

URANIE Aber ich wüßte wirklich nicht, wodurch dieses Stück Ihr Schamgefühl verletzt haben könnte.

CLIMÈNE Mein Gott – durch alles. Ich behaupte, daß eine ehrbare Frau ›Die Schule der Frauen‹ nicht ohne äußerste Verwirrung sehen kann; soviel Unrat und Schmutz habe ich darin entdeckt.

URANIE Dann haben Sie gewiß einen besonderen Sinn für Unrat, der den anderen mangelt; denn ich habe nicht das geringste davon bemerkt.

CLIMÈNE Weil Sie es nicht bemerken wollten, ganz sicherlich darum! All der Unrat tritt ja, Gott sei Dank, klar zutage – nicht die zarteste Hülle verbirgt ihn – und selbst die kühnsten Blicke schaudert es vor seiner Nacktheit.

ÉLISE Oh!

CLIMÈNE Hi, hi, hi!

URANIE Aber, ich bitte Sie, bezeichnen Sie doch diesen Unrat, den Sie meinen, etwas näher.

CLIMÈNE So ist es denn wirklich nötig, ihn näher zu bezeichnen?

URANIE Ja, wenn ich Sie nur um eine Stelle bitten dürfte, die Sie besonders erzürnt hat.

CLIMÈNE Man muß nicht mehr erwähnen als die Szene dieser Agnès ... wenn sie sagt, was ihr genommen wurde.

URANIE Und was finden Sie daran schmutzig?

CLIMÈNE Ah!

URANIE Bitte?

CLIMÈNE Pfui doch!

URANIE Was denn?

CLIMÈNE Da kann ich wirklich nichts mehr sagen.

URANIE Ich finde nichts Böses dabei.

CLIMÈNE Dann tun Sie mir leid.

URANIE Ich Ihnen – und nicht im Gegenteil? Ich sehe die Dinge so an, wie man sie mir zeigt. Ich drehe und wende sie nicht, um etwas zu suchen, was man nicht sehen soll.

CLIMÈNE Die Erhabenheit eines weiblichen Wesens ...

URANIE ... besteht nicht darin, daß dieses Wesen die Nase rümpft. Es steht jeder Frau übel an, wenn sie anständiger sein will als die Anständigen. In dieser Hinsicht finde ich das scheinheilige Getue noch ärger als sonst. Ich kenne nichts Lächerlicheres als diese gewisse geheuchelte Empfindsamkeit, diese angestrengte Ehrbarkeit, die alles übelnimmt, die in den harmlosesten Worten einen verwerflichen Sinn wittert und sich durch den Schatten einer Andeutung schon verletzt fühlt. Glauben Sie mir: wenn eine Frau solche Geschichten macht, wird ihr Ruf dadurch nicht besser. Im Gegenteil: ihre gestrenge Geheimniskrämerei, ihr geziertes Nasenrümpfen, all dies bringt die Leute gegen die betreffende Dame und ihre Lebensführung in Harnisch. Man ist dann geradezu entzückt, wenn man allerlei entdeckt, was sich weitererzählen und herumtragen läßt. Und, um die Probe auf das Exempel zu machen: wir haben gerade bei der besagten Komödie in einer Loge gegenüber einige Frauen gesehen, und denen ist es gelungen, durch die Gesichter, die sie während der Vorstellung immer wieder geschnitten haben, durch ihr häufiges Kopfschütteln und schamhaftes Verbergen der Gesichter hinter den Händen eine Fülle von Glossen über ihren Lebenswandel auszulösen, die man sonst kaum gemacht hätte; sogar einer von den Lakaien hat ganz laut gesagt: Mir scheint, die Ohren dieser Damen sind tugendhafter als der übrige Körper.

CLIMÈNE Bei diesem Stück muß man ja blind sein und so tun, als sähe man die Dinge nicht.

URANIE Welche Dinge? Man soll nicht sehen wollen, was nicht da ist.

CLIMÈNE Und ich behaupte nach wie vor, daß der Unrat in die Augen springt.

URANIE Und ich muß Ihnen nach wie vor widersprechen.

CLIMÈNE Aber wird denn nicht in dieser Szene der Agnès das Schamgefühl eindeutig verletzt?

URANIE Nein, gewiß nicht. Sie sagt nicht ein Wort, das, an sich betrachtet, unanständig wäre. Wenn Sie gewissermaßen zwischen den Zeilen etwas anderes heraushören wollen, dann kommt der Unrat von Ihnen und nicht von Agnès. Sie meint ja nur ein Band, das man ihr genommen hat.

CLIMÈNE Band hin, Band her – aber dieses ›es‹, bei dem Agnès abbricht – ›er nahm es‹ – dieses ›es‹ ist doch nicht einfach so hingesagt – dieses ›es‹ bringt einen auf sonderbare Gedanken. Dieses ›es‹ ist ganz, ganz skandalös. Sie können sagen, was Sie wollen, und es wird Ihnen nicht gelingen, dieses unverschämte ›es‹ zu verteidigen.

ÉLISE Ja, liebe Cousine, das hat seine Richtigkeit. Ich bin für die Verehrteste und gegen das ›es‹. Dieses ›es‹ ist in äußerstem Maß unverschämt, und du tust schweres Unrecht, wenn du dieses ›es‹ verteidigst.

CLIMÈNE Dieses ›es‹ ist von erbitternder Laszivität!

ÉLISE Von erbitternder . . . was?

CLIMÈNE Laszivität.

ÉLISE Oh, mein Gott, Laszivität! Ich weiß nicht, was das ist, aber das Wort finde ich wunderhübsch.

CLIMÈNE Sehen Sie, wie Ihre Verwandte meine Partei ergreift.

URANIE Du lieber Himmel, sie plaudert so vor sich hin, was sie gar nicht unbedingt wirklich meint. Wenn Sie mir folgen, Verehrte, dann hören Sie nicht allzu sehr auf sie.

ÉLISE Du bist wirklich grausam, wenn du mich vor der Verehrtesten so schlecht zu machen versuchst! Was soll denn aus mir werden, wenn sie glaubt, was du sagst?! Ist es mein trauriges Schicksal, Verehrteste, daß Sie dergleichen von mir denken?

CLIMÈNE Nein, nein; ich nehme die Worte Ihrer Verwandten nicht so ernst, und ich halte Sie, Liebste, für aufrichtiger, als man mir einreden will.

ÉLISE Da haben Sie aber wirklich recht, Verehrte, Sie durchschauen mich bis in die tiefsten Tiefen, wenn Sie meinen, daß ich Sie für die liebenswerteste Dame der Welt halte, daß ich alle Ihre Anschauungen teile und von jedem Wort, das aus Ihrem Mund kommt, hingerissen bin.

CLIMÈNE Ach, mein Gott, ich rede ohne alle Geziertheit.

ÉLISE Ja, und das merkt man Ihnen auch so recht an, Verehrte: wie ganz und gar natürlich alles an Ihnen ist. Ihre Worte, der Ton Ihrer Stimme, Ihre Blicke, Ihr Gang, Ihre Bewegungen, Ihre Kleidung, das alles hat so etwas Gewisses an sich und muß jede und jeden bezaubern. Ich studiere Sie mit meinen Augen und Ohren, ich bin so erfüllt von Ihnen, daß ich Ihre Doppelgängerin werden und Sie in jeder Hinsicht nachahmen möchte.

CLIMÈNE Sie scherzen wohl, Verehrteste.

ÉLISE Mit Verlaub, Verehrteste, wer wollte sich wohl mit Ihnen einen Scherz gestatten?!

CLIMÈNE Ich bin ganz gewiß kein gutes Vorbild, Verehrteste.

ÉLISE Oh, doch, Verehrteste.

CLIMÈNE Sie schmeicheln, Verehrteste.

ÉLISE Nicht im geringsten, Verehrteste.

CLIMÈNE Bitte, schonen Sie mich, Verehrteste.

ÉLISE Ich verschone Sie ja, Verehrteste, und sage nicht die Hälfte von dem, was ich denke.

CLIMÈNE Oh, guter Gott, genug davon, ich flehe Sie an! Sie bringen mich sonst in die gräßlichste Verlegenheit. *Zu Uranie* Immerhin sind wir nun beide gegen Sie. Und da geistreichen Menschen nichts so übel ansteht wie der Eigensinn ...

Vierte Szene

Der Baron, Climène, Galopin, Uranie, Élise

GALOPIN Bitte nicht einzutreten, mein Herr.

DER BARON Du kennst mich wohl nicht.

GALOPIN Doch, ich kenne Sie, aber Sie sollen nicht eintreten.

DER BARON Was heißt denn das, mein Kleiner?

GALOPIN Man geht nicht in ein Zimmer, wenn es heißt: man soll nicht eintreten.

DER BARON Ich komme deine Herrin besuchen.

GALOPIN Sie ist nicht da, sage ich Ihnen.

DER BARON Hier im Zimmer ist sie.

GALOPIN Ja, stimmt, hier ist sie – aber sie ist nicht da.

URANIE Was gibt's denn dort an der Türe?

DER BARON Ihr Lakai macht Dummheiten, Verehrte.

GALOPIN Ich sage dem Herrn, daß Sie nicht da sind, gnädige Frau, und er will trotzdem herein.

URANIE Und warum sagst du, daß ich nicht da bin?

GALOPIN Weil Sie neulich geschimpft haben, wie ich gesagt habe: Sie sind da.

URANIE Seht diesen unverschämten Kerl an! Bitte, Baron, glauben Sie ihm kein Wort. Dieser Schwachkopf hat Sie mit jemand anderem verwechselt.

DER BARON Das habe ich wohl gemerkt, Verehrte; und wäre er nicht in Ihren Diensten, ich hätte ihm schon beigebracht, Standespersonen zu erkennen.

ÉLISE Meine Cousine ist Ihnen für diese Zurückhaltung ungemein dankbar.

URANIE Einen Sessel, du Frechdachs!

GALOPIN Da steht ja einer.

URANIE Hierher mit ihm!

Galopin stößt den Sessel mürrisch in die Nähe der Damen.

DER BARON Ihr kleiner Lakai, Verehrte, scheint mich nicht zu schätzen.

ÉLISE Sehr zu Unrecht, lieber Baron.

DER BARON Vielleicht mindert mein schlechtes Aussehen mein Ansehen, hi, hi, hi, hi.

ÉLISE Mit den Jahren wird er die besseren Leute erkennen lernen.

DER BARON Worüber unterhielten sich die Damen, als ich sie unterbrach?

URANIE Über die Komödie ›Die Schule der Frauen‹.

DER BARON Von der komme ich gerade.

CLIMÈNE Und wie finden Sie sie, Baron?

DER BARON Ganz und gar abscheulich.

CLIMÈNE Oh, das freut mich unendlich.

DER BARON Ich kenne kaum etwas Ekelhafteres. Man stelle sich vor, daß ich kaum Platz bekommen konnte – an der Türe wurde ich förmlich erdrückt, man ist mir noch nie im Leben so schrecklich auf die Füße getreten. Bitte, sehen Sie sich das an, wie man meine Beinkleider und meine Bänder zugerichtet hat!

ÉLISE Und das schreit gewiß nach Rache an der ›Schule der Frauen‹ – daraufhin verdammen Sie das Stück mit vollem Recht.

DER BARON Ich finde: eine scheußlichere Komödie ist noch nie gespielt worden.

URANIE Oh, da ist endlich Dorante, den wir schon längst erwarten.

Fünfte Szene

Dorante, der Baron, Climène, Élise, Uranie

DORANTE Bitte, lassen Sie sich nur nicht in Ihrem Gespräch stören. Sie haben da ein Thema angeschlagen, das seit Tagen fast allen Häusern von Paris Stoff zur Unterhaltung liefert, und ich finde, es hat schon sehr lange nichts so Erheiterndes gegeben wie den Widerstreit der Meinungen in dieser Sache. Gewisse Leute verdammen das Stück wegen der gleichen Dinge, die andere ganz besonders an ihm schätzen.

URANIE Unser Baron ist sehr schlecht auf die ›Schule der Frauen‹ zu sprechen.

DER BARON Jawohl, ich finde sie abscheulich, zum Donnerwetter, das Abscheulichste vom Abscheulichen – ganz und gar und durchaus abscheulich.

DORANTE Und ich, mein guter Baron, ich finde dieses Urteil abscheulich.

DER BARON Was du nicht sagst, verehrter Freund – du möchtest das Stück verteidigen?

DORANTE Ja, ich möchte es verteidigen.

DER BARON Teufel noch einmal, ich verbürge mich aber dafür, daß es abscheulich ist.

DORANTE Die Bürgschaft wird nicht anerkannt. Ja, ich bitte dich um alles in der Welt, lieber Baron, aus welchem Grund soll denn diese Komödie so arg sein?

DER BARON Warum sie abscheulich ist?

DORANTE Ja, warum?

DER BARON Sie ist abscheulich, weil sie abscheulich ist.

DORANTE Dann kann man freilich nicht weiterreden. Das Beweisverfahren ist hiermit geschlossen. Aber hilf uns, belehre uns und nenne die Fehler, die du gefunden hast.

DER BARON Was soll ich denn sagen – ich habe es nicht der Mühe wert gefunden, zuzuhören. Aber ich weiß genau, daß ich nie etwas Ärgeres gesehen habe, Gott verdamm' mich, und Dorilas, neben dem ich gesessen bin, war ganz meiner Meinung.

DORANTE Da bist du freilich in der besten Gesellschaft; auf diesen Bundesgenossen kannst du stolz sein.

DER BARON Man muß doch nur sehen, wie das Volk unten im Saal ununterbrochen schallend lacht. Das genügt mir als Beweis dafür, daß die Komödie nichts taugt.

DORANTE Du gehörst also zu jenen Kavalieren, lieber Baron, denen es nicht paßt, daß die Leute unten im Saal ihre fünf Sinne beisammen haben, und die böse werden, wenn sie gleichzeitig mit ihnen lachen, und wäre es auch über die beste Sache der Welt? Ich habe neulich einen unserer Freunde im Theater gesehen, der sich auf diese Art blamiert hat. Das ganze Stück hat er sich mit der düstersten Miene angehört; und was die anderen amüsiert hat, das hat ihn veranlaßt, die Stirn zu runzeln. Bei jedem Gelächter im Saal hat er die Achseln gezuckt und auf das Parterre hinuntergeschaut, manchmal mitleidig, manchmal aber auch verachtungsvoll, und hat gerufen: ›Ja, lacht nur, ihr im Parterre ... lacht nur!‹ Der Kummer unseres Freundes war eine Komödie für sich. Als großzügiger Mann hat er sie dem ganzen Haus unentgeltlich zum besten gegeben, und alle waren einig, daß er so komisch ist wie unsere größten Komiker. Ich bitte dich, lieber Baron, und Sie bitte ich auch – lassen Sie sich sagen, daß der gesunde Menschenverstand im Theater keine bestimmte Kategorie von Plätzen gepachtet hat – daß der Unterschied in den Eintrittspreisen für den guten Geschmack keine Rolle spielt – man kann für Goldstücke und für Kupfermünzen, auf Stehplätzen wie auf Sitzplätzen dumm daherreden ... und im allgemeinen verlasse ich mich auf die Zustimmung der Leute unten im Parterre, weil dort einige imstande sind, ein Stück auf Grund der Regeln zu beurteilen, und die anderen es auf Grund der richtigen Methode beurteilen, die darin besteht, daß sie es einfach auf sich wirken lassen, ohne blinde Voreingenommenheit, ohne gezierte Nachsicht, ohne lächerliche Prüderie.

DER BARON Ei, sieh da, geliebter Freund, du setzt dich für das Volk im Parterre ein! Das freut mich ungemein – ich werde diesen Leuten zur Kenntnis bringen, daß du der Ihre bist, hi, hi, hi, hi, hi, hi, hi!

DORANTE Und wenn du noch soviel lachst: ich bin für den gesunden Menschenverstand, und die Hirngespinste gewisser Kavaliere sind mir zuwider. Ich ärgere mich, wenn vernünftige Leute sich lächerlich machen und über das und jenes bedenkenlos Urteile abgeben, ohne die geringste Ahnung zu haben, wenn sie im Theater die schlechtesten Stellen durch Applaus ehren, aber bei den guten still und stumm bleiben – – und wenn sie ein Bild ansehen oder ein Konzert anhören, loben und tadeln sie gleichfalls ganz verkehrt und holen sich künstlerische Fachausdrücke für ihr Urteil, wo sie sie gerade finden können, und sprechen sie unrichtig aus und wenden sie falsch an. Zum Donnerwetter, haltet doch endlich den Mund, ihr Herren, wenn Gott es euch nicht gegeben hat, zu wissen, worüber ihr redet! Gebt denen, die euch zuhören, keinen Stoff zur Heiterkeit und merkt euch: solange ihr still seid, hält man euch vielleicht für vernünftig.

DER BARON Meiner Seel, lieber Freund, du gehst da wirklich …

DORANTE Aber ich rede ja nicht zu dir, lieber Baron, ich meine ein rundes Dutzend von Herren, die der ganzen Hofgesellschaft durch ihr unmögliches Benehmen Unehre machen und die im Volk den Eindruck erwecken, wir alle wären wie sie. Ich möchte dem gern nach Möglichkeit entgegenwirken und will diese Herren bei jeder Gelegenheit solange ins Unrecht setzen, bis sie endlich Vernunft annehmen.

DER BARON Sag mir doch, mein Lieber, hältst du Lysandre für geistreich?

DORANTE Ja, ganz gewiß für sehr geistreich.

URANIE Das kann wirklich niemand bestreiten.

DER BARON Dann frag ihn doch, was er von der ›Schule der Frauen‹ hält. Du wirst hören, wie sehr sie ihm mißfällt.

DORANTE Na und? Ein Übermaß an Geist bekommt manchem nicht gut; allzuviel Licht kann den Scharfblick behindern – auch gibt es Leute, denen es zuwider ist, die gleiche Meinung zu haben wie die anderen, weil sie so gern tonangebend sind.

URANIE Das ist wahr. Und unser lieber Lysandre gehört gewiß zu ihnen. Er will eine Meinung als erster verkünden – die Welt soll vor Ehrfurcht auf sein Urteil warten. Wenn jemand vor ihm für etwas eintritt, ist das ein Anschlag gegen seinen Weitblick, und dafür rächt er sich vor aller Welt, indem er den entgegengesetzten Standpunkt einnimmt. Er wünscht, daß man ihn in allen Fragen des Geistes zu Rate zieht, und ich bin sicher: hätte der Verfasser ihm seine Komödie vor der Aufführung gezeigt, er hätte sie unübertrefflich gefunden.

DER BARON Und die Baronin Araminte bezeichnet sie überall als grauenhaft und meint, daß sie sich außerstande fühlt, die Widerwärtigkeit, die dieses Machwerk erfüllt, zu ertragen. Was sagst du dazu?

DORANTE Daß diese Äußerungen sehr gut zu der Rolle passen, die sie sich zurechtgelegt hat. Ich kenne auch noch andere, die so ehrbar sein wollen, daß sie nur lächerlich werden. Gewiß hat die Baronin Geist, doch leider nimmt sie sich an gewissen Damen ein Beispiel, die in die Jahre kommen und sich nach einer Entschädigung für das, was sie verlieren, umsehen und meinen, die Maske unerbittlicher Sittsamkeit könnte ihnen Jugend und Schönheit ersetzen. Sie sucht ihre Vorbilder sogar zu übertreffen und entdeckt als raffinierte Sittenrichterin selbst dort das Unreine, wo noch kein anderer es je bemerkt hat. Die gestrenge Dame will ja angeblich sogar unsere Sprache entstellen und hat vor, jedes zweite Wort zu verkürzen, weil sie da und dort gewisse unzüchtige Silben feststellt.

URANIE Sie sind sehr boshaft, lieber Freund.

DER BARON Kurzum, lieber Freund: du verteidigst deine Komödie, indem du ihre Gegner verspottest.

DORANTE Nein, ich sage nur, daß besagte Dame sich zu Unrecht ereifert.

ÉLISE Das mag sein; aber auch andere Leute könnten mit ihr übereinstimmen.

DORANTE Zu meiner Beruhigung weiß ich wenigstens, daß Sie nicht mit einstimmen; denn als Sie im Theater waren ...

ÉLISE Zugegeben; doch inzwischen bin ich anderer Ansicht. Unsere verehrte und liebe Freundin wußte die ihre durch dermaßen zwingende Gründe zu belegen, daß sie mich auf ihre Seite gezogen hat.

DORANTE Oh, dann bitte ich um Vergebung, Verehrteste. Und wenn Sie es befehlen, nehme ich Ihnen zuliebe jedes Wort zurück, das ich gesagt habe.

CLIMÈNE Nein, der Vernunft zuliebe, wenn ich bitten darf! Denn wie immer man es dreht und wendet, dieses Stück ist nicht gutzuheißen, und ich wüßte wirklich nicht ...

Sechste Szene

Lysidas, Dorante, der Baron, Élise, Uranie, Climène

LYSIDAS Verehrte Dame, ich komme etwas spät, doch mußte ich mein Stück, wie ich Ihnen schon erzählte, bei der Baronin vorlesen; die Lobsprüche, die ich erntete, hielten mich eine Stunde über die vorgesehene Zeit hinaus dort fest.

ÉLISE Derartige Abhaltungen läßt sich wohl jeder Autor mit Vergnügen gefallen.

URANIE Nehmen Sie doch Platz, Herr Lysidas; Ihr Stück wollen wir nach dem Abendessen lesen.

LYSIDAS Alle, die anwesend waren, möchten zur Erstaufführung kommen und dort geziemend ihre Pflicht tun.

URANIE Das glaub' ich gern; aber, noch einmal, nehmen Sie, bitte, Platz, damit wir unsere Unterhaltung fortsetzen.

LYSIDAS Ich denke, Verehrteste, daß Sie auch eine Loge haben wollen.

URANIE Das werden wir noch sehen. Und nun nehmen wir das Gespräch wieder auf, wenn ich bitten darf.

LYSIDAS Ich mache darauf aufmerksam, daß schon fast alle Logen vergriffen sind.

URANIE Ja – wie schön! Jetzt brauche ich Sie dringend, lieber Freund; Sie sind gerade zur rechten Zeit gekommen, denn alle hier in diesem Zimmer waren gegen mich.

ÉLISE Unser lieber Dorante war zuerst auf deiner Seite; aber da er nun weiß, daß die Verehrteste die Gegenpartei anführt, wirst du dir wohl einen anderen Bundesgenossen suchen müssen.

CLIMÈNE Nein, nein, ich möchte um keinen Preis, daß er in seiner Ritterlichkeit Ihrer lieben Cousine gegenüber schwankend wird; ich gestatte seinem Geist, das Banner seines Herzens zu tragen.

DORANTE Nach diesem gnädigen Zugeständnis, Allerverehrteste, werde ich so kühn sein, mich zu verteidigen.

URANIE Vorher aber wollen wir die Meinung des Herrn Lysidas hören.

LYSIDAS Worüber, Verehrteste?

URANIE Über die ›Schule der Frauen‹.

LYSIDAS Ach . . .

DORANTE Was meinen Sie?

LYSIDAS Ich habe wirklich nichts zu sagen: Sie wissen, daß wir Autoren uns über die Werke anderer Autoren nur mit großer Vorsicht zu äußern pflegen.

DORANTE Aber, ganz unter uns: was halten Sie von dieser Komödie?

LYSIDAS Ich, mein Herr?

URANIE Sagen Sie uns ehrlich Ihre Meinung.

LYSIDAS Ich finde sie wunderschön.

DORANTE Wirklich?

LYSIDAS Wirklich. Warum nicht? Ist sie denn nicht die schönste Komödie der Welt?

DORANTE *sich räuspernd* Hm, hm. Sie sind ein kleiner Teufel, Herr Lysidas; Sie sagen nicht, was Sie denken.

LYSIDAS Verzeihen Sie mir.

DORANTE Mein Gott, ich kenne Sie doch. Nur keine Verstellung!

LYSIDAS Ich, mein Herr?

DORANTE Ich merke genau, daß Sie das Stück nur aus Loyalität loben; im Grund Ihres Herzens teilen Sie die Meinung vieler anderer, die es schlecht finden.

LYSIDAS Hi, hi, hi.

DORANTE Herrgott, geben Sie doch zu, daß diese Komödie widerwärtig ist.

LYSIDAS Allerdings wird sie von den Kennern nicht gebilligt.

DER BARON Donnerwetter – und du, mein Bester, du trittst für sie ein – jetzt bist du schön blamiert, ha, ha, ha, ha, ha!

DORANTE Nur zu, Baron, nur zu!

DER BARON Wir haben die Experten auf unserer Seite, siehst du?

DORANTE Gewiß ist das Urteil des Herrn Lysidas beachtenswert; aber soll ich mich deshalb gleich geschlagen geben? Da ich schon so unerschrocken bin, den Meinungen der Verehrtesten Widerpart zu bieten, wird er mir gestatten, auch ihm zu entgegnen.

ÉLISE Was? Sie sehen die verehrte Climène, den Baron und Herrn Lysidas gegen sich vereint und Sie wagen es, noch Widerstand zu leisten? Pfui, das ist abgeschmackt!

CLIMÈNE Ich bin auf das alleräußerste überwältigt von der Erkenntnis, daß vernunftbegabte Menschen es sich in den Kopf setzen, die Albernheiten dieses Stücks in Schutz zu nehmen.

DER BARON Gott verdamm' mich, Verehrte, die Komödie ist elendiglich von A bis Z.

DORANTE Das sagt sich leicht, mein Guter. Nichts Einfacheres als so ein abschließendes Urteil; wer oder was ist denn sicher vor deinem allerhöchsten Unwillen?!

DER BARON Mein Gott, alle Komödianten von den anderen Theatern, die dort waren, haben doch auch nur geschimpft wie die Rohrspatzen.

DORANTE Dann muß ich allerdings verstummen; dann hast du ganz recht, Baron. Wenn die Komödianten schimpfen, muß man ihnen felsenfest vertrauen. Sie alle sind ebenso verständig wie objektiv. Ich habe nichts mehr zu sagen – ich ergebe mich.

CLIMÈNE Ob Sie sich ergeben oder nicht, Sie können mich nicht dazu bekehren, daß ich die Geschmacklosigkeiten dieser Komödie hinnehme und ebensowenig jene Szenen, die das weibliche Geschlecht beleidigen.

URANIE Ich für meinen Teil würde mich hüten, beleidigt zu sein und auch nur das Geringste aus dem Stück auf mich zu beziehen. Die Satire zielt ja auf allgemeine Untugenden und fällt nur von denen auf einzelne Personen zurück. Wir wollen doch nicht einen Tadel, der einer Sache gilt, auf unsere Rechnung buchen. Wenn es nötig ist, mögen wir daraus lernen, ohne zuzugeben, daß von uns die Rede war. Wenn die lächerlichen Schwärmerinnen, die Preziösen, im Theater karikiert werden, können alle Damen in den Logen zusehen, ohne in Zorn zu geraten ... die Bühne ist ein öffentlicher Spiegel, aber niemand braucht zuzugeben, daß er sich selbst gesehen hat. Wer sich aufregt, wenn er sich getadelt findet, bekennt sich öffentlich zu einem Mangel.

CLIMÈNE Ich für meinen Teil, ich lehne es ab, die Dinge im Hinblick auf den Anteil anzusehen, den ich an ihnen haben könnte; mir will scheinen, daß ich durch meine Lebensart über den Verdacht erhaben bin, im Bildnis einer Frau, die sich nicht vorbildlich zu benehmen weiß, erkannt zu werden.

ÉLISE Ganz gewiß, Verehrte, man wird Sie nicht erkennen. Ihr Betragen ist ja sattsam bekannt, und seiner allgemeinen Beurteilung wird niemand widersprechen.

URANIE Habe ich denn die geringste Anspielung auf Sie gemacht, Verehrteste? Meine Bemerkungen waren, ganz wie die satirischen Komödien, durchaus allgemein gehalten.

CLIMÈNE Daran zweifle ich auch keineswegs, Verehrte. Doch nun genug davon! Ich weiß nicht, wie Sie die Beleidigung unseres Geschlechts aufnehmen, die an einer Stelle der Komödie zu hören ist; ich meinerseits gestehe Ihnen, daß ich ganz, ganz erbittert bin, wenn uns dieser unverschämte Autor als Vieh bezeichnet.

URANIE Haben Sie denn nicht gemerkt, daß ein lächerlicher Mensch das sagt: ›ein kleines Vieh‹?

DORANTE Außerdem, Verehrte: daß die Worte eines Liebenden nie wirklich beleidigend sind, daß ihm auch die Beschimpfungen von der Liebe eingegeben werden wie die Kosenamen? Daß die ausgefallensten Worte, sogar noch ärgere als ›kleines Vieh‹, denen, an die sie gerichtet sind, nur die Zuneigung umschreiben?

ÉLISE Sie können sagen, was Sie wollen: ich will das kleine Vieh ebensowenig hinnehmen wie die Suppe und den von unserer verehrten Freundin vorhin erwähnten Sterz.

DER BARON Ja, weiß Gott, ja – Sterz! – das habe ich vorhin gemeint – Sterz! – Ich bin Ihnen zutiefst verbunden, Allerverehrteste, daß Sie mir das in Erinnerung gerufen haben – Sterz! Gibt es in der ganzen Normandie faule Äpfel genug, um gegen ›Sterz‹ zu protestieren? Sterz! – Donnerwetter noch einmal – Sterz!

DORANTE Was meinst du damit?

DER BARON Himmelherrgott – Sterz, mein Lieber!

DORANTE Na und?

DER BARON Sterz!

DORANTE Warum?

DER BARON Sterz!

URANIE Ich glaube, man sollte das näher begründen.

DER BARON Sterz, Verehrte!

URANIE Was veranlaßt Sie, das immer wieder zu sagen?

DER BARON Mich? Nichts. Sterz!

URANIE Nun, ich gebe mich geschlagen.

ÉLISE Unser lieber Baron macht seine Sache vortrefflich und treibt Sie gehörig in die Enge, Dorante. Doch nun sollte Herr Lysidas noch auf seine Art das Seine beitragen und die Gegner durch einige wohlgezielte Hiebe kampfunfähig machen.

LYSIDAS Die üble Nachrede gehört nicht zu meinen Gewohnheiten, denn ich bin recht milde gegen die Werke der anderen. Aber ohne der Zustimmung des Herrn Dorante für diesen Autor nahezutreten, wird man mir rechtgeben, wenn ich sage, daß Dramen dieser Art keine eigentlichen Dramen sind und daß ein gewaltiger Unterschied zwischen all diesen Nichtigkeiten und der Schönheit echter ernster Stücke besteht. Nur, leider: heutzutage hat das gewaltigen Zulauf; bei den großen Werken bleiben soviele Plätze leer, während ganz Paris den Albernheiten huldigt. Ich muß gestehen, daß mir darüber manchmal das Herz blutet, weil ich den Zustand als eine Schande für unsere Heimat ansehe.

CLIMÈNE Ja, ja, der Geschmack der Leute scheint merkwürdig entartet – unser Jahrhundert ist schrecklich verpöbelt.

ÉLISE Oh, wie hübsch, ›verpöbelt‹! Haben Sie das erfunden, Verehrte?

CLIMÈNE *stimmt lächelnd zu*

ÉLISE Dacht' ich's doch!

DORANTE Sie finden also, Herr Lysidas, daß sich aller Geist und alle Schönheit nur in der ernsthaften Dichtung ausdrücken, daß hingegen die heiteren Stücke Nichtigkeiten und keiner Anerkennung wert sind?

URANIE Ich finde das nicht. Wohlgelungene Tragödien sind gewiß schön; doch die Komödie hat ihre großen Reize – und ist ebenso schwer zu schreiben.

DORANTE Ganz gewiß; was die Komödie betrifft, sollten Sie wohl sagen ›schwerer zu schreiben‹ – Sie würden sich damit nichts vergeben. Denn mir will scheinen, es sei einfacher, sich zu großen Gefühlen hinaufzusteigern, das Glück anzuklagen, sich gegen das Schicksal zu empören, die Götter zu schmähen, als die Lächerlichkeiten des Menschen zu durchschauen und die Fehler, die wir alle unser eigen nennen, auf der Bühne richtig darzustellen. Wenn Sie Helden auftreten lassen, können Sie tun, was Sie wollen, und können die Figuren ganz willkürlich zeichnen, da niemand eine Ähnlichkeit suchen wird – Sie müssen nur Ihrer Phantasie freien Lauf lassen und dürfen dabei die Wahrheit zugunsten des Wunderbaren vernachlässigen. Wenn Sie aber Menschen zeigen, müssen Sie sie nach der Natur zeichnen – das Bild soll ähnlich sein –, und erkennt man in den komischen Figuren die Zeitgenossen nicht, dann haben Sie sich vergeblich bemüht. Kurzum: will ein Verfasser ernster Stücke nicht versagen, muß er nur gut schreiben und vernünftige Gedanken äußern; doch für die Komödie genügt das nicht – da muß man amüsant sein – und es ist kein geringes Unterfangen, anständige Leute zum Lachen zu bringen.

CLIMÈNE Ich zähle mich zu den anständigen Leuten, und doch habe ich in der ›Schule der Frauen‹ keinen einzigen Anlaß gefunden, um zu lachen.

DER BARON Nein, meiner Seel, ich auch nicht.

DORANTE Das wundert mich durchaus nicht, lieber Freund; du hast eben keine öden Witzeleien zu hören bekommen.

CLIMÈNE Was man zu hören bekommt ist aber auch nicht mehr wert, denn für meinen Geschmack sind alle die Scherze recht abgestanden.

DORANTE Der Hof war anderer Ansicht.

LYSIDAS Ach ja, der Hof!

DORANTE Nun und, Herr Lysidas? ›Der Hof‹ und was weiter? Sie meinen wohl, der Hof wäre ahnungslos – das ist bei euch die beliebteste Ausrede, meine Herren Autoren, wenn eure Werke keinen Erfolg haben: Unsere Zeit ist ungerecht, und bei Hof versteht man nichts. Bitte, Herr Lysidas, nehmen Sie zur Kenntnis, daß man bei Hof ebensoviel versteht wie anderswo, daß man mit venezianischen Spitzen und mit Federbüschen auch viel fertigbringen kann, nicht nur mit einer kurzhaarigen Perücke und einem schmalen glatten Kragen*, daß es die große Feuerprobe für eure Stücke ist, wie sie bei Hof aufgenommen werden, daß man sich für den Geschmack des Hofes interessieren muß, wenn man es zu etwas bringen will, weil dort gerechtere Urteile gefällt werden als anderswo. Und ganz abgesehen von den vielen Gebildeten, die man dort findet, ergibt sich schon aus dem natürlichen Geschmack und der ständigen Anwesenheit führender Geister in diesen Kreisen eine Einstellung, eine Urteilskraft, die all den verstaubten Schulmeistern überlegen ist.

URANIE Ja, man braucht gar nicht lange dort zu sein und nimmt schon vieles wahr und lernt es, zu unterscheiden, vor allem zwischen guten und schlechten Scherzen.

DORANTE Zugegeben: auch bei Hof sind närrische Leute zu sehen, und ich bin, wie man sieht, gern bereit, sie zu verspotten. Aber es gibt ihrer auch eine Menge unter den Schöngeistern und Blaustrümpfen, und wenn man Barone auf die Bühne bringt, soll man ebenso auch, oder noch viel eher, gewisse Schriftsteller

* wie ihn Lysidas trägt.

aufs Korn nehmen, denn ihre wissenden Mienen und ihre lächerlichen Spitzfindigkeiten würden sehr spaßig wirken, auch die unerträgliche Gewohnheit, die Mitmenschen durch das Vorlesen eigener Werke krank zu machen, ihre Gier nach Lobsprüchen, ihre Bündnisse mit Kollegen, um andere anzugreifen oder zu verteidigen, ihre Feldzüge gegen den Geist und ihre Kanonaden in Versen und in Prosa.

LYSIDAS Dieser Molière hat großes Glück, verehrter Herr Dorante, daß er so warm verteidigt wird. Aber im Grunde fragt es sich ja nur, ob sein Stück gut ist. Ich bin bereit, Dutzende von Fehlern aufzuzählen.

URANIE Ist es nicht eigentümlich, daß ihr Dichter immer mit grimmigem Haß die Stücke verdammt, die großen Erfolg haben, und mit unbegreiflicher Freundlichkeit nur die gelten laßt, die schlecht besucht sind?

DORANTE Wahre Großmut schlägt sich auf die Seite der Leidtragenden.

URANIE Aber nun, mein lieber Herr Lysidas, nennen Sie uns doch, bitte, alle die Fehler, die ich nicht bemerkt habe.

LYSIDAS Wer seinen Aristoteles und seinen Horaz kennt, sieht auf den ersten Blick, daß diese Komödie gegen alle Gesetze der Kunst verstößt.

URANIE Leider muß ich bekennen, daß ich mit diesen Herren keinen Umgang pflege und daß ich auch die Gesetze der Kunst nicht kenne.

DORANTE Ihr seid spaßig mit euren Gesetzen und Regeln, mit denen ihr die Unwissenden einschüchtert und uns die Ohren vollschwätzt. Wenn man euch hört, hält man die Gesetze der Kunst für eine dunkle Geheimwissenschaft. Dabei sind sie nur das Ergebnis gewisser vernünftiger Erfahrungen, die feststellen, was den Zuschauern bei dieser Art von Literatur Vergnügen macht. Verständige Kenner haben früher einmal die gleichen Erfahrungen gemacht wie heute, ohne Horaz und Aristoteles zu bemühen. Ich möchte wissen, ob die Regel aller Regeln nicht darin besteht, Vergnügen zu bereiten, und ob ein Stück, das dieses Ziel erreicht, nicht den richtigen Weg gegangen ist. Kann sich denn bei solchen Gelegenheiten das ganze Publikum irren – ist nicht jeder einzelne im Saal ein unbestechlicher Richter?

URANIE Eines ist mir aufgefallen: jene Herren, die am meisten über die Gesetze reden und sie viel besser kennen als alle anderen, schreiben Stücke, die niemand gut findet.

DORANTE Und das lehrt uns, wie unwichtig all diese kleinlichen Haarspaltereien sind. Denn wenn die Stücke, die den Regeln entsprechen, durchfallen und die erfolgreichen Stücke sich nicht an die Regeln halten, dann sind gewiß die Regeln nicht in Ordnung. Kümmern wir uns doch nicht um die Zwangsjacke, in die man den Geschmack des Publikums stecken will; achten wir im Theater nur darauf, wie ein Stück auf uns wirkt. Verschließen wir unser Herz nicht vor den Dingen, die uns nahegehen, verzichten wir auf Spitzfindigkeiten, die unser Vergnügen beeinträchtigen.

URANIE Wenn ich im Theater bin, will ich vor allem angeregt werden; und merke ich, daß ich erfreut bin, werde ich mich doch gewiß nicht fragen, ob ich Unrecht habe und ob die aristotelischen Gesetze mir das Lachen verbieten.

DORANTE Genauso wie ein Koch, dem eine hervorragende Sauce gelungen ist, nicht im Kochbuch nachsehen wird, ob sie wirklich gut ist.

URANIE Sehr richtig; ich wundere mich, daß manche Leute solche Umstände machen. Jeder kann doch für sich selbst entscheiden, was er empfindet.

DORANTE Ja, diese Umstände und diese Geheimniskrämerei befremden Sie mit Recht. Denn wenn das alles nötig wäre, dürften wir uns selbst nicht mehr vertrauen, unsere fünf Sinne wären fremden Tyrannen unterworfen, nicht einmal das Essen und das Trinken könnten uns schmecken, bevor es uns die Herren Experten gestattet haben.

LYSIDAS Ihr einziges Argument, verehrter Herr, besteht darin, daß ›Die Schule der Frauen‹ dem Publikum gefallen hat. Es ist Ihnen gleichgültig, ob die Regeln befolgt werden, wenn nur ...

DORANTE Langsam, Herr Lysidas, langsam – das lasse ich Ihnen nicht durchgehen. Ich sage: Die große Kunst weiß zu gefallen. Da dieses Stück jenen, für die es geschrieben ist, gefällt, genügt das, und alles andere braucht uns nicht zu bekümmern. Außerdem aber behaupte ich, daß ›Die Schule der Frauen‹ gegen keine der von Ihnen erwähnten Regeln verstößt. Ich habe mich über sie unterrichtet, ich weiß zum Glück ebensoviel von ihnen wie mancher andere. Und ich könnte mühelos nachweisen, daß kaum ein Theaterstück den Regeln so gerecht wird wie dieses.

ÉLISE Kopf hoch, Herr Lysidas; wenn Sie jetzt zurückweichen, sind wir verloren.

LYSIDAS Verehrter Herr: die Protasis, die Epitasis, die Peripetie ...

DORANTE Werfen Sie uns keine Fachausdrücke an den Kopf, Herr Lysidas, und spielen Sie, bitte, nicht den Gelehrten. Seien Sie menschlich und reden Sie so, daß man Sie versteht. Oder finden Sie, daß griechische Vokabeln einer Meinung größeres Gewicht verleihen? Ist es nicht ebenso schön, ›Aufbau‹ zu sagen statt ›Protasis‹, ›Verwicklung‹ statt ›Epitasis‹ und ›Auflösung‹ statt ›Peripetie‹?

LYSIDAS Man darf sich in der Kunst dieser Terminologie bedienen, aber wenn Ihr Ohr dadurch verletzt wird, kann ich mich auch anders ausdrücken und ersuche Sie nun, auf einige Punkte einzugehen. Kann man ein Stück gutheißen, das gegen den Namen der Gattung verstößt? Denn ›Drama‹ kommt aus dem Griechischen und bedeutet ›Handlung‹ – das Wesen des Theaterstücks ist also die Handlung, und in dem Stück ›Die Schule der Frauen‹ begibt sich keine Handlung, da es aus Erzählungen der Agnès und des Horace besteht.

DER BARON Das saß, mein Lieber!

CLIMÈNE Äußerst geistreich bemerkt und ungemein tiefgründig erfaßt!

LYSIDAS Ferner: Sind nicht gewisse Redewendungen, über die alle Leute lachen, unglaublich platt, besser gesagt: gemein, vor allem die von den Kindern, die aus dem Ohr kommen?

CLIMÈNE Großartig!

ÉLISE Mein Gott!

LYSIDAS Ferner: Ist nicht das Gespräch der Diener, ehe sie

die Türe öffnen, von quälender Langatmigkeit und schrecklich geschmacklos?

DER BARON Jawohl!

CLIMÈNE Das stimmt ganz genau!

ÉLISE Wie recht er hat!

LYSIDAS Ferner: Gibt Arnolphe nicht dem Horace allzu bereitwillig sein Geld? Und da er doch die komische Hauptrolle in dem Stück spielt, warum wird er dann als Ehrenmann dargestellt?

DER BARON Gut, das ist ein guter Einwand!

CLIMÈNE Wundervoll!

ÉLISE Hinreißend!

LYSIDAS Ferner: Seine Predigt über die Ehe und die vielen Leitsätze – ist das alles nicht höchst lächerlich und überdies dazu angetan, heilige Gefühle zu verletzen?

DER BARON Sehr richtig!

CLIMÈNE Vorbildlich und beispielhaft!

ÉLISE Ganz, ganz, ganz einzigartig!

LYSIDAS Und schließlich: Dieser Herr de la Souche, der als geistreicher Mann gezeigt wird und immer wieder so vernünftig redet, ist er nicht im fünften Akt allzu komisch und viel zu übertrieben, wenn er Agnès seine heftige Liebe gesteht und dabei die Augen verdreht und einen lächerlichen Seufzer ausstößt und weint wie ein Kind und damit Lachstürme im Publikum entfesselt?

DER BARON Donnerwetter, Donnerwetter!

CLIMÈNE Unübertrefflich!

ÉLISE Göttlich! Hoch Lysidas!

LYSIDAS Um die Gesellschaft nicht zu langweilen, verschweige ich hunderttausend weitere Einwände.

DER BARON Ja, ja, lieber Freund, wie stehst du jetzt da?

DORANTE Abwarten!

DER BARON Jetzt bist du an den Richtigen geraten.

DORANTE Vielleicht.

DER BARON Antworte doch, antworte doch, antworte doch, antworte doch!

DORANTE Mit Vergnügen. Es ...

DER BARON Antworte doch, ich bitte dich!

DORANTE Wenn du mich immer unterbrichst!

CLIMÈNE Hören wir doch seine Gegengründe.

DORANTE Es stimmt erstens nicht, daß das ganze Stück nur aus Erzählungen besteht. Auf der Bühne begibt sich mancherlei an Handlung, und auch die Erzählungen gehören zur Entwicklung der Handlung, um so mehr als einer Figur, die daran interessiert ist, immer wieder in aller Unschuld etwas sehr Bedeutsames erzählt wird und diese Figur dadurch zur Freude des Publikums in große Verlegenheit gerät und immer wieder alles Erdenkliche veranlaßt, um das Unheil abzuwenden.

URANIE Gerade das finde ich so hübsch an der ›Schule der Frauen‹: diese andauernde Zuversicht. Mir gefällt es, daß ein recht kluger Mann von einem ganz naiven Mädchen, das er heiraten will, und einem Grünschnabel, der sein Rivale ist, immer alles haarklein erzählt bekommt und doch das, was sein soll, nicht verhindern kann.

DER BARON Lächerlich, lächerlich!

CLIMÈNE Eine lahme Antwort.

ÉLISE Kein echter Einwand!

DORANTE Und die Geschichte von den Kindern aus dem Ohr wirkt doch nur im Hinblick auf Arnolphe komisch. Der Autor wollte nicht um jeden Preis witzig sein, sondern nur einen Menschen charakterisieren. Gerade das zeigt die Übertriebenheit dieses Arnolphe, daß er den dummen Ausspruch der Agnès so wiedergibt, als wäre er das Schönste auf der Welt, und sich so närrisch darüber freut.

DER BARON Nicht gut, gar nicht gut!

CLIMÈNE Das sagt mir nichts.

ÉLISE Völlig unwesentlich.

DORANTE Wenn er sein Geld so bereitwillig herausrückt, gibt ihm ja der Brief seines guten Freundes alle erforderlichen Sicherheiten. Es ist ferner durchaus denkbar, daß ein Mensch gelegentlich lächerlich wirkt, aber doch ein Ehrenmann ist. Die Szene der Diener im Haus, die man da und dort als zu lang und als witzlos bezeichnet, hat ihre Berechtigung: wie Arnolphe, während er auf Reisen ist, von der einfältigen, reinen Agnès überlistet wird, wartet er bei der Rückkehr so lange vor dem Tor wegen der Einfalt seines Gesindes – also muß er immer wieder gerade das büßen, was er sich ausgedacht hat, um besonders sicherzugehen.

DER BARON Nichts wert, das ist nichts wert.

CLIMÈNE Das geht ganz am Wesen der Sache vorbei.

ÉLISE Armselig und kläglich!

DORANTE Die moralische Rede, die Sie als Predigt bezeichnen, hat, im Gegensatz zu Ihrer Vermutung, zahlreiche wirklich fromme Leute nicht in ihren heiligsten Gefühlen verletzt. Und die Erwähnung des ›siedendheißen Kessels in der Hölle‹ ist wohl durch die Absonderlichkeit des Arnolphe und die Naivität der Agnès durchaus begründet. Und die Liebeserklärung im fünften Akt, die zu komisch und zu übertrieben sein soll, zeigt eben die Verliebtheit in satirischer Manier – das darf man doch wohl –, tun denn nicht die achtbarsten, selbst die ernsthaftesten Männer in derartigen Situationen gelegentlich Dinge, die ...

DER BARON Du brauchst nicht mehr zu sagen, mein Lieber!

DORANTE Gut. Schließlich muß jeder nur an sich selbst im Zustand der Verliebtheit denken und ...

DER BARON Ich mag nichts mehr hören.

DORANTE Gib doch, bitte, zu, daß im Bann einer heftigen Leidenschaft ...

DER BARON *singt* La, la, la, la, lara, la, la, la, la, la, la.

DORANTE Wie?

DER BARON La, la, la, la, lara, la, la, la, la, la, la, la.

DORANTE Ich weiß nicht, ob ...

DER BARON La, la, la, la, lara, la, la, la, la, la, la, la.

URANIE Ich habe den Eindruck, daß ...

DER BARON La, la, la, lara, la, la, la, la, la, la, la, la, la, la.

URANIE Unser Gespräch ist sehr reich an hübschen Einzelheiten. Ich finde: man könnte daraus eine kleine Komödie machen, und es wäre nicht schlecht, sie nach der ›Schule der Frauen‹ aufzuführen.

DORANTE Ja, das wäre eine gute Idee.

DER BARON Aber du, mein Bester, du würdest keine dankbare Rolle spielen.

DORANTE Allerdings, lieber Baron.

CLIMÈNE Ich bin sehr einverstanden – vorausgesetzt, daß alles akkurat so dargestellt wird, wie es sich begeben hat.

ÉLISE Ich stelle mich mit Freuden zur Verfügung.

LYSIDAS Ich weigere mich auch nicht.

URANIE Da also niemand dagegen ist, bitte ich Sie, mein lieber Dorante, alles zu Papier zu bringen und Ihrem Freund Molière zu übergeben. Er soll einen Einakter daraus machen.

CLIMÈNE Er wird sich wohl hüten; denn wir haben keine Loblieder auf ihn gesungen.

URANIE Doch, doch; ich kenne seine Einstellung: es ist ihm gleichgültig, ob man seine Stücke angreift, wenn nur Leute ins Theater kommen.

DORANTE Ja, aber wie soll das Stück aufhören? Denn bei uns gibt es keine Verlobung – und es taucht auch kein verlorengeglaubter Angehöriger auf. Ich weiß wirklich nicht, womit man unser Streitgespräch beenden sollte.

URANIE Man müßte sich irgendeinen unerwarteten Auftritt ausdenken.

Siebente Szene

Galopin, Lysidas, Dorante, der Baron, Climène, Élise, Uranie

GALOPIN Gnädige Frau, das Abendessen ist serviert.

DORANTE Da haben wir ja genau das, was vor dem Fallen des Vorhangs noch gefehlt hat. Es gibt wohl kein selbstverständlicheres Ende. Man debattiert hart und unversöhnlich wie wir – niemand will nachgeben – dann meldet ein kleiner Lakai, daß angerichtet ist, man steht auf und begibt sich zu Tisch.

URANIE Wir wollen dabei bleiben – diese Komödie könnte nicht angenehmer enden.

Die Schule der Ehemänner

(L'École des Maris)
Komödie
in drei Akten

L'ESCOLE DES MARIS

Personen

SGANARELL, ARISTE } Brüder

ISABELLE, LÉONOR } Schwestern

LISETTE, Zofe der Léonor

VALÈRE, in Isabelle verliebt

ERGASTE, Kammerdiener des Valère

DER KOMMISSÄR

DER NOTAR

DAS GEFOLGE DES KOMMISSÄRS

Die Handlung begibt sich in Paris

Erster Akt

Erste Szene

Sganarell, Ariste

SGANARELL
Ich bitte dich, mein Bruder – genug! – wir schweigen still,
Und jeder von uns beiden lebt weiter, wie er will.
Die Jahre geben dir ein Übermaß des Geistes,
In deinem Alter ist man sehr reif und klug – so heißt es,
Und doch muß ich dir sagen: es will mir gar nicht passen,
Mich derart von dir tadeln und abkanzeln zu lassen;
Die Stimme meines Innern, nur sie, erscheint mir wichtig,
Und meine Art zu leben halt' ich für völlig richtig.

ARISTE
Doch alle sind dagegen.

SGANARELL
Nicht alle, die man kennt;
Nur Narren wie du.

ARISTE
Ich danke für dieses Kompliment.

SGANARELL
Gern wüßte ich, mein Bruder – man muß ja alles hören –
Was kann an meinem Dasein die Nörgler so empören?

ARISTE
Daß du so oft gereizt bist, so streng auf alles siehst

Und die Geselligkeit mit ihren Freuden fliehst;
Was immer du auch anstellst, ist seltsam und bizarr,
Allein durch deine Tracht wirkst du wie ein Barbar.

SGANARELL

Ja, soll vielleicht die Mode des Mannes Tracht entscheiden,
So, darf ich mich denn nicht nach meinem Willen kleiden?
Das Ziel der guten Lehren, mein lieber Bruder, ist es . . .
Mein älterer Herr Bruder, ja, Gott sei Dank, du bist es,
Wenn du es wissen willst: um runde zwei Jahrzehnte,
Doch wäre man zu kleinlich, wenn man die Zahl erwähnte –
Ist das dein Ziel, so frag' ich, soll ich wohl die Manieren
Der parfümierten Stutzer und Gecken imitieren
Und soll ich Hütchen tragen wie sie, mit bloßer Stirne,
Sie brauchen frische Luft für ihre müden Hirne,
Darunter blonde Locken in überlangen Wellen,
Die jedes Menschenantlitz verschandeln und entstellen,
Die Westen, kurz und eng, die unseren Leib einzwängen,
Die überlangen Kragen, die bis zum Nabel hängen,
Und Ärmel, die bei Tisch in Saucen tauchen müssen,
Und Röcke, wie die Weiber beim Tanz, bis zu den Füßen,
Und auf dem Fuß ein Schuh, so eng, daß er uns drückt,
So wie man auf der Tafel gefüllte Tauben schmückt,
Und Borten, Bänder, Spitzen, in die man morgens fest
Die armen Unterschenkel wie in den Schraubstock preßt,
Dank denen wir die Herren, weil sie nicht gehen können,
Als wären sie Federbälle, nur hüpfen sehen können?
Vermutlich würde dir die Tracht an mir behagen,
Ich sehe dich ja selbst dergleichen Dinge tragen.

ARISTE

Wer klug ist, sucht sich stets der Mehrheit anzupassen,
Wird andere nie auf sich befremdet blicken lassen,
Wird zwar die Übertreibung in jeder Richtung meiden,
Auch in der Art zu reden, genau so wie beim Kleiden,
Doch ohne aufzufallen, gemäßigt und diskret,
Dem Wandel Rechnung tragen, der ständig vor sich geht.
Dabei bin ich durchaus ein Gegner der Methode

Des blinden Übereifers im Dienst an jeder Mode,
Der Leute, die vor Gier nach Neuem niemals ruh'n
Und die beleidigt sind, wenn andere noch mehr tun;
Doch scheint es mir verfehlt in jeglichem Betracht,
Sich dem zu widersetzen, was fast ein jeder macht,
Ich nehme sogar lieber den Ruf des Narren hin,
Als daß ich weise scheine und gegen alle bin.

SGANARELL

So reden alte Herren, die Peinliches verstecken,
Mit tiefschwarzen Perücken das weiße Haar verdecken.

ARISTE

Höchst seltsam! Warum läßt du so große Mühe walten,
Um mir bei jedem Anlaß mein Alter vorzuhalten?
Warum bemängelst du – gestatte, daß ich staune –
Beständig meine Kleidung und meine gute Laune,
Als müßte man im Alter auf Freundliches verzichten
Und sämtliche Gedanken nur auf das Sterben richten?
Uns pflegt schon die Natur gebührend zu verwandeln,
Wir müssen uns nicht selbst entstellen und verschandeln.

SGANARELL

Wie immer dem auch sei, ich will's gewiß vermeiden,
Mich auch nur im geringsten auf andere Art zu kleiden;
Ich möchte einen Hut, was auch die Mode sagt,
Der meinen ganzen Kopf bedeckt und überragt,
Ein schönes, langes Wams, das mich vor Kälte schützt,
Was meinem Magen guttut und der Verdauung nützt,
Ein Beinkleid, das dem Maß der Beine angepaßt ist,
Und Stiefel, die zu tragen nicht eine arge Last ist,
Kurz: das, was unseren Eltern zu tragen richtig schien,
Und wem es nicht gefällt, der sieht woandershin.
Die beiden gehen in den Hintergrund.

Zweite Szene

Léonor, Isabelle, Lisette, Ariste, Sganarell

LÉONOR *zu Isabelle*

Wenn man dich schelten sollte – ich nehme es auf mich.

LISETTE *zu Léonor*

Den ganzen Tag allein zuhause – fürchterlich!

ISABELLE

So ist mein Vormund eben.

LÉONOR

Ach, Schwester, das ist hart.

LISETTE *zu Léonor*

Sein Bruder ist zum Glück von völlig anderer Art.
Euch, Fräulein, hat das Schicksal sehr gnädig mitgespielt,
Indem Ihr in die Hände des klügeren Bruders fielt.

ISABELLE

Es ist ein Wunder, daß er es heute unterließ,
Mich einzuschließen, mich nicht mit ihm zu gehen hieß.

LISETTE

Weiß Gott, ich wünsche ihn samt seiner dummen Krause
Zum ...

SGANARELL *mit Ariste vortretend*

Wenn's beliebt, wohin geht ihr aus diesem Hause?

LÉONOR

Das wissen wir noch nicht; sie sollte sich entschließen,
Das schöne Wetter draußen im Freien zu genießen,
Doch leider hat sie ...

SGANARELL *zu Léonor und Lisette*

Ihr könnt gehen, es steht euch frei,
Wohin ihr wollt, ganz schnell, entfernt euch schon, ihr zwei!
Zu Isabelle
Du aber, hörst du mich?! – Du aber gehst nicht mit.

ARISTE

Ach, Bruder, laß sie doch spazierengehen, zu dritt.

SGANARELL

Dafür bedank' ich mich, mein Bruder!

ARISTE

Diese Kinder
Sind . . .

SGANARELL

. . . immer dumm, und Greise gelegentlich nicht minder.

ARISTE

Meinst du, daß Léonor der Schwester schaden kann?

SGANARELL

Nein, doch in meiner Nähe ist sie noch besser dran.

ARISTE

Jedoch . . .

SGANARELL

Jedoch ihr Tun bestimme ich allein,
Ich habe allen Grund, um sie besorgt zu sein.

ARISTE

Den gleichen Grund, den mir auch ihre Schwester gibt.

SGANARELL

Mein Gott, ein jeder denkt und tut, was ihm beliebt.
Sie sind ja elternlos, und unser Freund, ihr Vater,
Bestimmte, eh er starb, uns beide als Berater,
Wir sollten uns mit ihnen, so meinte er, verbinden,
Und, wär' uns das nicht recht, Bewerber für sie finden.
Seit ihrer Kindheit währen die Rechte, die wir hatten:
Mit denen eines Vaters auch jene eines Gatten.
Du hast für jene dort die Sorge übernommen
Und mir ist über diese die Aufsicht zugekommen;
Du tust nach deinem Willen das Deine für die eine,
Laß mir, ich bitte dich, den meinen für die meine.

ARISTE

Mir scheint . . .

SGANARELL

Mir scheint es richtig, drum laß mich deutlich sagen:
Das ist die beste Antwort auf alle diese Fragen.
Du duldest, daß die deine geputzt, geschniegelt sei,
Sehr gut! – daß eine Zofe ihr dient und ein Lakai,
Sehr schön! – daß sie nichts tut, nach Herzenslust spaziert,

Mit jedem Weiberhelden nach Kräften scharmutziert,
Ich bin ganz einverstanden. Doch fordere ich, daß die,
Die mein ist, sich beträgt, wie ich es will, nicht sie,
Daß sie sich möglichst schlicht in Leinenstoffe kleidet
Und werktags alle schweren und dunklen Kleider meidet,
Im Hause eingeschlossen, sich kundig und gescheit
Mit allen ihren Kräften der Wirtschaftsführung weiht,
In ihren freien Stunden mir meine Wäsche flickt,
Dazwischen zum Vergnügen auch ein Paar Strümpfe strickt,
Daß sie ihr Ohr den Reden der Modeherren verschließt
Und nur ins Freie geht, wenn sie behütet ist.
Man hört so manche Dinge und weiß: das Fleisch ist schwach,
Mein Ehestand sei frei von derlei Ungemach;
Da es ihr Schicksal ist, sich ganz an mich zu binden,
Will ich sie makellos so wie mich selber finden.

ISABELLE

Sie haben keinen Grund, soviel ich weiß . . .

SGANARELL

Sei still!

Und ohne mich kein Schritt hinaus, wenn ich nicht will.

LÉONOR

Wie denn, verehrter Herr . . .

SGANARELL

Nein, nein, kein Wort, genug:

Ich rede nicht mit Ihnen, Sie sind mir viel zu klug.

LÉONOR

Sie sehen Isabelle nicht gern in unserer Nähe.

SGANARELL

Gewiß, weil ich in Ihnen ein böses Beispiel sehe.
Ganz ehrlich: Die Besuche bereiten mir Verdruß,
So sehr, daß ich wohl bald auf sie verzichten muß.

LÉONOR

Und wenn nun meine Schwester, wie Sie, ganz ehrlich spricht?
Wie ihr das alles vorkommt, das weiß ich leider nicht,
Ich weiß nur, was das Mißtrauen in mir entstehen ließe,
Und ob in unseren Adern das gleiche Blut auch fließe,

Wir wären wohl kaum Schwestern, wenn Sie durch Ihr Benehmen
An das erwünschte Ziel: geliebt zu werden, kämen.

LISETTE

Nein, wirklich, es ist schändlich und riecht nach Tyrannei.
Wer darf denn Frauen einsperren? Sind wir in der Türkei?
Dort soll das üblich sein, dort ist das Weib versklavt,
Drum sind die Heiden auch mit Recht von Gott gestraft.
Um unsere Ehre, Herr, wär's aber bös bestellt,
Wenn's nötig wäre, daß man sie stets in Ketten hält,
Und denkt Ihr allen Ernstes, durch Vorsicht dieser Art
Hätt' man uns je vor dem, was uns bedroht, bewahrt,
Und wenn sich unsereins zu etwas fest entschließt,
Daß dann der klügste Mann mehr als ein Rindvieh ist?
Das sorgsame Bewachen ist nur ein Hirngespinst,
Vertrauen ist für uns und ihn der beste Dienst,
Wer uns bedrängt, riskiert die äußersten Gefahren,
Denn unsere Ehre wollen wir ganz allein bewahren.
Es heißt ja fast, uns Neigung zur Sünde zuzuschreiben,
Wenn man sich derart anstrengt, daß wir ihr ferne bleiben;
Und halten uns die Männer versperrt, wie hinter Gittern,
Macht uns das doppelt Lust, zu tun, wovor sie zittern.

SGANARELL

Hier, großer Pädagog, die Früchte deiner Mühen!
Du hörst das ruhig an, mußt nicht vor Zorn erglühen?

ARISTE

Mein Bruder, diese Rede war durchaus amüsant,
Wobei ich dies und jenes nicht unberechtigt fand:
Die Frauen möchten gern ein wenig Freiheit spüren,
Durch allzu große Strenge kann man ihr Herz nicht rühren,
Man mag voll Mißtrauen Türen mit Schloß und Riegel bauen,
So stärkt man nicht die Tugend der Mädchen und der Frauen.
Denn nicht die harte Hand, die wir sie fühlen lassen,
Ihr eigenes Gewissen lehrt sie, die Pflicht erfassen.
Ich sprech' es offen aus: Mich mutet's seltsam an,
Wenn eine Frau nur brav ist, weil sie nicht anders kann;
Nicht über ihre Schritte sollen wir voll Eifer wachen,

Wir sollen uns vielmehr ihr Herz zu eigen machen.
Ich sähe meine Ehre um keinen Preis der Welt
Dem Willen eines Wesens getrost anheimgestellt,
Das nur der Lockung trotzt, den Pfad der Tugend wählt,
Weil's an Gelegenheit, ihn zu verlassen, fehlt.

SGANARELL

Ach, Unsinn!

ARISTE

Ja, vielleicht; doch halt' ich daran fest,
Daß ein Erzieher besser die hohlen Phrasen läßt,
Zwar auf die Fehler hinweist, doch nachsichtig und sacht,
Und aus den Tugenden nicht Schreckgespenster macht.
Ich wollte Léonor in diesem Geist erzieh'n,
Hab' keinen kleinen Fehler als Missetat verschrien,
Hab' sie durch die Erfüllung von Wünschen gern erfreut
Und habe, Gott sei Dank, das alles nicht bereut.
Da ich es ihr erlaubte, ging sie mit Freunden aus,
Sie tanzte, unterhielt sich, war im Komödienhaus,
Dergleichen ist seit jeher dem Geist der jungen Leute
Sehr förderlich, so scheint mir, wie einstmals so auch heute,
Die Schule der Gesellschaft, die Pflege der Manieren,
Das dient der Bildung mehr als Lexika studieren,
Sie hängt ihr Herz an Kleider, an Bänder und an Hemden,
Warum auch nicht, sie darf es – ich zeige kein Befremden,
Gefallen solcher Art kann man in unseren Kreisen,
Wenn man begütert ist, den Mädchen leicht erweisen.
Des Vaters Wille kann mich ihr als Gatten bringen,
Doch ferne liegt es mir, die Heirat zu erzwingen.
Der Unterschied des Alters scheint kritisch bei uns beiden –
Ich lasse ihr die Wahl, sie darf sich frei entscheiden.
Sofern viertausend Taler als feste Jahresrente
Und meine Zärtlichkeit als rechte Argumente
Für eine Eheschließung in ihren Augen reichen,
Imstande sind, die Kluft der Jahre auszugleichen,
Dann heirate sie mich, sonst einen andern Mann.
Ich denke: ohne mich wär' sie wohl besser dran,

So möchte ich sie lieber bei einem anderen sehen,
Als gegen ihren Willen die Ehe einzugehen.

SGANARELL

Wie zuckersüßer Honig fließt seine Rede hin.

ARISTE

So bin ich und bin glücklich, daß ich nicht anders bin.
Nie würde ich Methoden von solcher Strenge wählen,
Die schuld sind, daß die Kinder des Vaters Tage zählen.

SGANARELL

Was sich die Jugend aber an Freiheiten erkämpft,
Wird späterhin nicht einfach gezügelt und gedämpft;
Zu schaffen macht ihr dann ihr Denken, ihr Betragen,
Wenn du genötigt bist, ihr vieles zu versagen.

ARISTE

Versagen? Und warum?

SGANARELL

Warum?

ARISTE

Ja.

SGANARELL

Ich weiß nicht.

ARISTE

Sag mir, was im geringsten der Ehre widerspricht.

SGANARELL

Wie, gleiche Freiheit würde der Gattin zugebilligt,
Wie sie jetzt deine Gunst dem jungen Ding bewilligt?

ARISTE

Warum denn nicht?

SGANARELL

Du würdest den Wunsch nicht unterdrücken,
Sich weiterhin mit Spitzen und Bändern reich zu schmücken?

ARISTE

Nein.

SGANARELL

Duldest auch, daß sie sich derart gehenläßt,
Sich in Gesellschaften, auf Bällen sehen läßt?

ARISTE

Warum nicht?

SGANARELL

Und bei euch gehen Stutzer aus und ein?

ARISTE

Und?

SGANARELL

Bringen ihr Geschenke und sagen Schmeichelei'n?

ARISTE

Gewiß.

SGANARELL

Und spielen Spiele, und deine Frau mit ihnen?

ARISTE

Ja.

SGANARELL

Den Trabanten und galanten Paladinen
Machst du nicht deinen Abscheu vor solchem Treiben klar?

ARISTE

Natürlich nicht!

SGANARELL

Ach geh, du bist ein alter Narr.

zu Isabelle

Verschwinde! Für dein Ohr sind diese Regeln Gift.

ARISTE

Ich will Vertrauen haben, was meine Frau betrifft,
Stets leben wie bisher, weil ich's nicht anders mag.

SGANARELL

Und wenn sie dich betrügt, wird das mein schönster Tag!

ARISTE

Ich weiß nicht, welches Los die Zukunft mir bestimmt;
Wenn aber dein Geschick nicht diese Wendung nimmt,
Dann glaub mir, hast nicht du der Dinge Lauf gefügt,
Denn du machst dich mit Fleiß zum Mann, den man betrügt.

SGANARELL

Ha, ha, ha, ha! Nur zu! Du greiser Humorist!
Wie köstlich, wenn ein Witzbold schon um die sechzig ist.

LÉONOR

Der schönste Tag kommt nie, den Sie ihm prophezeien,
Wofern er Miene macht, im Ernst um mich zu freien;
Dafür verbürg' ich mich. Als Ihre Frau hingegen
Müßt' ich mir diese Bürgschaft sehr gründlich überlegen.

LISETTE

Vertrauensmißbrauch wird als Sünde angesehen,
Doch Euch betrügen, heißt: ein gutes Werk begehen.

SGANARELL

Verdammtes Lästermaul, jetzt reißt mir die Geduld.

ARISTE

An allem bist du selbst, mein lieber Bruder, schuld.
Leb wohl, beruhige dich und halte dir vor Augen,
Daß junge Frauen nicht zum Eingesperrtsein taugen.
Dein Diener!

SGANARELL

Du mein Diener? Ich bin der deine nicht.

er ist allein

Wie das zusammenstimmt, einander ganz entspricht!
Oh, welch eine Familie! Ein eitler alter Narr
Stellt noch, wiewohl gebrechlich, den Lebejüngling dar –
Ein Mädchen gängelt ihn, spricht jeder Sitte Hohn –
Das schamlose Gesinde ... die Klugheit in Person
Wär' nicht einmal imstande, die Leute zu kurieren,
Sie müßte in dem Haus beschämt kapitulieren.
Wenn meine Isabelle dem Abgrund näher träte,
Verkümmerte die Saat der Ehre, die ich säte,
Drum lass' ich sie demnächst der Anfechtung entgehen
Und meine Hühnerställe und Rüben wiedersehen.

Dritte Szene

Ergaste, Valère, Sganarell

VALÈRE
Hier siehst du ihn, Ergaste, den Vormund, dessen Macht
Mit hundert Argusaugen den holden Schatz bewacht.

SGANARELL *die beiden nicht sehend*
Man muß sich wirklich wundern, es ist ja kaum zu schildern,
Wie unsere guten Sitten jetzt überall verwildern.

VALÈRE
Wie stell' ich es wohl an, ihn ins Gespräch zu zieh'n,
Da ich für ihn ja doch ein Unbekannter bin?

SGANARELL
Anstelle jener Strenge, die in vergangener Zeit
Die beste Bürgschaft war für Zucht und Ehrbarkeit,
Nimmt sich die Jugend hier, vermessen, roh und wild
Und zügellos . . .

VALÈRE *hat Sganarell gegrüßt*
Er sieht nicht, daß unser Gruß ihm gilt.

ERGASTE
Sein schlechtes Auge ist vielleicht auf dieser Seite;
Gehen wir nach rechts hinüber.

SGANARELL
Ich suche bald das Weite;
Für mich bedeuten ja die städtischen Allüren
Nichts weiter als . . .

VALÈRE
Es gilt, mich bei ihm einzuführen.

SGANARELL
Wie? Spricht da jemand? – Nein. – Zum Glück sind auf dem [Land
Die Torheiten der Zeit noch völlig unbekannt.

ERGASTE
Geht doch zu ihm.

SGANARELL *meint wieder, etwas zu hören*
Wie? Was? – Ich hörte wohl nicht recht. –

Dort dient als Zeitvertreib dem weiblichen Geschlecht …
nimmt nun die beiden Grüßenden wahr
Sie meinen mich?

ERGASTE

Nun grüßt ihn!

SGANARELL

In diese Stille dringt
Kein Stutzer … Wie? Noch einmal? Wie der sein Hütchen [schwingt!

VALÈRE *nähert sich Sganarell*

Mein Herr, auf die Gefahr, daß ich Sie unterbreche …

SGANARELL

Das könnte sein.

VALÈRE

Jedoch, daß ich mit Ihnen spreche,
Erscheint mir solch ein Glück, bedeutet mir soviel,
Daß ich Sie, werter Herr, sehr herzlich grüßen will.

SGANARELL

Gut.

VALÈRE

Ihnen auch versichern, mein Herr, daß ich für Sie
Stets gern zu Diensten stehe in echter Sympathie.

SGANARELL

Ich glaub's.

VALÈRE

Ihr Nachbar bin ich, das ehrt mich ungemein,
Ich schätze mich, mein Herr, sehr glücklich, es zu sein.

SGANARELL

Sehr schön.

VALÈRE

Doch ist es wahr, was man bei Hof erzählt,
In Kreisen, die man stets für zuverlässig hält?

SGANARELL

Was geht's mich an?

VALÈRE

Gewiß, doch manche Neuigkeiten

Vermögen immerhin, Vergnügen zu bereiten.
Ein Fest von höchstem Glanz wird uns bald froh erregen,
Des Kronprinzen Geburt, sind Sie dabei zugegen?

SGANARELL

Vielleicht.

VALÈRE

Man muß gestehen: Paris ist im Gestalten
Von Festen groß, kein Ort vermöchte Schritt zu halten;
Allüberall im Umkreis herrscht förmlich Grabesruhe. –
Was tun Sie, mit Verlaub, tagsüber?

SGANARELL

Was ich tue!

VALÈRE

Braucht nicht der Geist Erholung? Er käme ja von Kräften
Durch allzu großen Eifer in ernsthaften Geschäften.
Was ist Ihr Zeitvertreib, wenn es dann Abend wird?

SGANARELL

Was mir gefällt.

VALÈRE

Gewiß; vortrefflich formuliert!
Die Antwort trifft ins Schwarze. Kein kluger Mann der Welt
Wird jemals etwas tun, wenn es ihm nicht gefällt.
Und wüßt' ich, daß ich Ihnen nicht zuviel Zeit wegnähme,
Wär's schön, wenn ich des Abends als Gast zu Ihnen käme.

SGANARELL

Empfehle mich.

Vierte Szene

Ergaste, Valère

VALÈRE

Wie scheint dir der närrische Gesell?

ERGASTE

Die Antworten sind kurz, doch gibt er sie sehr schnell,
Inmitten des Gesprächs begibt er sich hinweg,
Er scheint mir nicht gesellig, ein wahrer Kinderschreck.

VALÈRE

Ich bebe!

ERGASTE

Und warum?

VALÈRE

Warum? Sollt' ich nicht beben?!
Die Schöne, die ich liebe, dem Unhold preisgegeben,
Der Obhut eines Drachen, der sie so streng bewacht,
Der jede Freiheitsregung für sie unmöglich macht.

ERGASTE

Das ist ja Euer Vorteil, denn eben diese Lage
Gibt Hoffnung, daß die Liebe die schönsten Früchte trage;
Bedenkt doch – denn dann ist die Angst in nichts zerronnen –
Die Frauen, die man einsperrt, sind ja schon halb gewonnen.
Sind Gatten übellaunig, ist Vätern schlimm zumute,
Dann kommt das immer wieder den Liebhabern zugute.
Ich selbst, ich tändle kaum, es ist nicht meine Stärke,
Bin nicht als Schürzenjäger gewerbsmäßig am Werke,
Doch Frauenhelden waren fast alle meine Herr'n
Durch volle zwanzig Jahre, und jeder sah es gern,
Daß sich der Ehemann recht widerlich benahm
Und allemale mürrisch und bös nach Hause kam.
Sie schätzten den Tyrannen, der Schwierigkeiten machte,
Die Gattin übertrieben in allem überwachte,
Im Beisein des Bewerbers sich über sie entrüstend,
Sich mit dem Rang des Gatten in blindem Eifer brüstend,
»Da weiß man«, sagte jeder, »den Vorteil wahrzunehmen;
Der Umstand, daß die Frauen sich solcher Szenen schämen,
Daß wir, bewegt von Mitleid, bemüht sind, Trost zu [spenden,
Ist günstig, um die Dinge in unserem Sinn zu wenden.«
Kurzum, mein gnädiger Herr, versprecht Euch eine Menge
Vom Vormund Isabelles und seiner großen Strenge.

VALÈRE

Doch liebe ich sie schon vier Monate so heiß,
Ganz ohne daß ich mich ihr je zu nähern weiß.

ERGASTE

Die Liebe macht erfinderisch – doch Euch merkt man's nicht an.
Wär' ich an Eurer Stelle . . .

VALÈRE

Was hättest du getan?
Denn ohne diesen Teufel geht sie ja niemals aus,
Es sind auch weder Diener noch Zofen in dem Haus
Durch die erwünschte Aussicht auf reiche Gegengaben
Im Namen meiner Liebe als Botschafter zu haben.

ERGASTE

Sie weiß am Ende gar noch nicht, daß Ihr sie liebt?

VALÈRE

Das ist die bange Frage, die mir zu denken gibt.
Wohin des Unholds Launen sie auch begleitet hatten,
Stets konnte sie mich sehen, ganz nah, wie ihren Schatten,
Ich meinte jedesmal, es müßte mir doch glücken,
Die heiße Leidenschaft durch Blicke auszudrücken,
Die Augen sprachen deutlich, doch ist mir nicht bekannt,
Ob ich mit dieser Sprache bei ihr Erhörung fand.

ERGASTE

Es stimmt, daß diese Sprache nicht stets ins Schwarze trifft;
Geeigneter sind sicher die Rede und die Schrift.

VALÈRE

Was tu' ich, wie entrinn' ich dem ärgsten Teufelskreis,
Wie weiß ich, ob die Liebste von meiner Liebe weiß?
Wo ist das Mittel, wo?

ERGASTE

Es muß ja existieren!
Gehen wir in Euer Haus, um dort zu meditieren.

Zweiter Akt

Erste Szene

Isabelle, Sganarell

SGANARELL
Ja, ja, hier ist das Haus, du hast mir auch den Mann
Beschrieben, daß ich ihn gewiß erkennen kann.

ISABELLE *für sich*
O Himmel, sei mir gnädig, begünstige geschwind
Die unschuldige List, die reiner Liebe dient.

SGANARELL
Sein Name ist Valère, nicht wahr, du hast's gehört?

ISABELLE
Ja.

SGANARELL
Gut; verschwinde jetzt und laß mich ungestört.
Ich will dem jungen Frechdachs schon meine Meinung sagen.

ISABELLE *für sich*
Nicht jedes Mädchen würde, was ich beginne, wagen,
Doch da man gegen mich so hart ist, so gemein,
Wird ein gerechter Geist mir meinen Plan verzeih'n.

Zweite Szene

Sganarell, Ergaste, Valère

SGANARELL *allein*
Nur keine Zeit verlieren. Hier ist es. *Er klopft.* He, wer da?
Nein, Irrtum! – Oder doch? – He! – Ha! – Ich sage: Ha!
Es wundert mich nicht mehr, nachdem ich dies vernahm,
Daß er mir neulich hier so sanft entgegenkam;
Doch seine eitle Hoffnung will ich ihm nehmen und . . .
er stößt im Finstern an den heraustretenden Ergaste
Der Kerl wirft mich ja um – na, warte nur, du Hund!

Was stehst du mir im Weg, du Dickwanst, sei verflucht!

VALÈRE

Verzeihung, bitte, Herr . . .

SGANARELL

Sie habe ich gesucht!

VALÈRE

Wie, mich?

SGANARELL

Sie sind Valère?

VALÈRE

Gewiß, doch . . .

SGANARELL

Kann ich's wagen
Und Ihnen mit Verlaub jetzt ein paar Worte sagen?

VALÈRE

Darf ich so glücklich sein, mein Herr, und Ihnen dienen?

SGANARELL

Sie mir, mein Herr, nicht doch! Im Gegenteil: ich Ihnen!
Nur das ist meine Absicht, nur deshalb kam ich her.

VALÈRE

Zu mir, mein Herr?

SGANARELL

Zu Ihnen. Erstaunt Sie das so sehr?

VALÈRE

Gewiß, mit gutem Grund. Es ist für mich zuviel
Der Ehre . . .

SGANARELL

Lassen wir die Ehre aus dem Spiel.

VALÈRE

Ich bitte, hier herein!

SGANARELL

Das hätte keinen Sinn.

VALÈRE

Mein hochverehrter Herr . . .

SGANARELL

Ich bleibe, wo ich bin.

VALÈRE

Im Freien, hier, mein Herr, das kann mir nicht genügen.

SGANARELL

Ich will nicht fort von hier.

VALÈRE

Nun denn, ich muß mich fügen,
Da Sie entschlossen sind, nicht in mein Haus zu gehen,
Schnell, einen Stuhl hierher!

SGANARELL

Nein, nein, ich möchte stehen.

VALÈRE

Wie? Derart sollt' ich Sie . . .

SGANARELL

So zudringlich zu sein!

VALÈRE

Die Unmanierlichkeit schafft meiner Seele Pein.

SGANARELL

Die Unmanierlichkeit, die mich viel ärger stört,
Ist: daß ich reden will und man nicht auf mich hört.

VALÈRE

Ihr Wunsch ist mir Befehl.

SGANARELL

Das ist ein gutes Wort;
Der ganze Formelkram ist hier nicht recht am Ort.
Nun wünsche ich zu reden.

VALÈRE

Das ist mir sehr willkommen.

SGANARELL

Ich habe einst das Amt des Vormunds übernommen,
Ein leidlich hübsches Mädchen, das Obdach bei mir fand,
Sie nennt sich Isabelle. Ist Ihnen das bekannt?

VALÈRE

Gewiß.

SGANARELL

Da Sie es wissen, muß ich es nicht erst sagen,
Doch da Sie für sie schwärmen, muß ich Sie weiter fragen:

Ich bin nicht nur als Vormund dem Mädchen zugewandt,
Bald ehrt sie mich als Gattin; ist Ihnen das bekannt?

VALÈRE

Nein.

SGANARELL

Dann vernehmen Sie's und meinen Rat dazu:
Sie lassen sie nun besser mit Anträgen in Ruh'!

VALÈRE

Wie? Ich?

SGANARELL

Ja, Sie! Nicht heucheln! 's wär' schade um die Mühe.

VALÈRE

Wer sagt Ihnen, mein Herr, daß ich für sie erglühe?

SGANARELL

Wer es mir anvertraut, ist unfähig zu lügen.

VALÈRE

Doch wer?

SGANARELL

Sie selbst.

VALÈRE

Sie selbst?

SGANARELL

Sie selbst. Das muß genügen!
Sie ist ein braves Kind, mir gut seit langer Zeit,
Sie hat mich rückhaltlos in alles eingeweiht;
Sie läßt Sie überdies durch mich um etwas bitten:
Da Sie sie stets verfolgen bei allen ihren Schritten,
Fühlt sich ihr Herz verletzt, hat die Bedrängnis satt,
Da sie verliebte Blicke genug gesehen hat,
Längst kennt sie ganz genau das Ziel, das Sie erstreben,
Sie will Ihnen nicht Anlaß zu Angst und Sorge geben,
Und zeigen Sie ihr weiter, was Sie für sie empfinden,
Verletzen Sie Gefühle, die mich mit ihr verbinden.

VALÈRE

Was sagen Sie mir da? Von ihr? Sie selber gab . . .

SGANARELL

Ja, diesen guten Rat, exakt und klar und knapp,

Sie hat gesehen, wie sehr die Liebe Sie versehrt,
Sie hätte Ihnen längst das, was sie denkt, erklärt,
Doch hat bisher ihr Herz, von Bangigkeit geplagt,
Den Boten nicht gefunden, der Ihnen all das sagt,
Doch nun, da ihr die Schmerzen kaum mehr erträglich schienen,
Hat sie sich doch entschlossen, sich meiner zu bedienen,
Um Ihnen auszurichten – ich tat es eben hier –
Daß jeder ihrem Herzen versagt ist, außer mir,
Sie sollen nicht nach ihr äugen – was bisher war, genügt –
Und falls Ihr Kopf vielleicht auch über Hirn verfügt,
Dann tun Sie etwas anderes. – Ihr Wille ist geschehen,
Das sollt' ich Ihnen sagen. Und nun auf Wiedersehen!

VALÈRE

Nun, lieber Freund Ergaste, was hältst du von der Sache?

SGANARELL *für sich*

Den hab' ich überrascht!

ERGASTE

Der Reim, den ich mir mache,
Heißt: dieses Mädchen ist Euch gar nicht abgeneigt,
Es gibt da ein Geheimnis, das sie geschickt verschweigt,
Doch alles, was wir hörten, schien nicht danach zu tönen,
Als wollt' Euch Isabelle die Liebe abgewöhnen.

SGANARELL *für sich*

Dem hab' ich's gut gegeben!

VALÈRE

Geheimnisvoll, sagst du ...

ERGASTE

Ja, doch er sieht auf uns – schnell fort, sonst hört er zu.

SGANARELL *allein*

Er war wohl nicht gefaßt auf das, was er da hörte,
Man hat ihm angemerkt, wie sehr es ihn verstörte.
Komm, liebe Isabelle! – Ich sehe, froh erregt,
Daß sorgsame Erziehung die schönsten Früchte trägt:
Die Tugend gibt den Ton an, auf den ihr Herz sich stimmt,
So daß sie selbst an Blicken von Männern Anstoß nimmt.

Dritte Szene

Isabelle, Sganarell

ISABELLE *für sich*

Hat wohl mein lieber Freund, von Leidenschaft besessen,
Den wahren Sinn der Worte, die er vernahm, ermessen?
Und schmacht' ich auch in Ketten, ich will es dennoch wagen,
Es ihm auf andere Art noch deutlicher zu sagen.

SGANARELL

Da bin ich wieder.

ISABELLE

Und?

SGANARELL

Ich hab' ihn eingeweiht
In alles, was du fühlst, mit großer Deutlichkeit.
Daß er am Herzen leide, stritt er zunächst zwar ab;
Doch als ich deine Botschaft dann wörtlich wiedergab,
Verstummte er sehr bald und schien mir recht verwirrt,
Ich denke, daß er dich in Zukunft respektiert.

ISABELLE

Sie denken so, doch leider bin ich nicht dieser Meinung:
Mich bangt, er tritt noch oft sehr störend in Erscheinung.

SGANARELL

Und was veranlaßt dich zu deinem Bangen?

ISABELLE

Sie waren eben erst vom Hause fortgegangen,
Als ich, um Luft zu schöpfen, kurz an das Fenster trat,
Was seh' ich? Einen Jüngling, der auf der Straße naht,
Als Boten schickt ihn mir der unverschämte Wicht,
Der lasse mich schön grüßen, sagt er mir ins Gesicht,
Dann wirft er dieses Kästchen, das in mein Zimmer fällt
Und einen Brief, versiegelt, mir zugedacht, enthält.
Ihm beides zuzuwerfen, erhob ich schon die Hand,
Als er jedoch bereits im Hintergrund verschwand.
Nun fühl' ich Herzeleid, das mich sehr traurig macht.

SGANARELL

Welch freches Bubenstück – wer hätte das gedacht?!

ISABELLE

Der Anstand duldet nicht dies Ding in meinen Händen,
Die Pflicht ruft, es dem Wicht sogleich zurückzusenden,
Dazu bedarf ich nun des rechten Boten, weil
Ich Sie um diesen Dienst . . .

SGANARELL

Nein, Kind, im Gegenteil,
Dadurch beweist du nur, wie du mich liebst und schätzt,
Ich tu's sehr gern, ich tu's sehr bald, ich tu's gleich jetzt.
Dadurch beglückst du mich mehr, als ich sagen kann.

ISABELLE

Hier, nehmt.

SGANARELL

Was er wohl schreibt? Sehen wir das Briefchen an.

ISABELLE

Um Himmels willen, nein, nicht öffnen!

SGANARELL

Warum nicht?

ISABELLE

Er meint doch sonst, sein Brief kam mir zu Angesicht!
Dem tugendhaften Mädchen muß stets verborgen bleiben,
Was liebestolle Männer in Sünde an sie schreiben:
Wenn man in solchen Fällen zu große Neugier zeigt,
Vermutet er, man wäre dem Schreiber zugeneigt;
Drum bitt' ich Sie, den Brief nun ohne Widerstreben,
Versiegelt, wie er ist, dem Herrn zurückzugeben,
Auf daß er um so leichter sogleich das Rätsel löse,
Wie ihm sein Herz gesinnt sei, ob freundlich oder böse,
Im zweiten Fall erkaltet sein ungestümes Feuer
Und er verzichtet künftig auf derlei Abenteuer.

SGANARELL

Ja, dieses Argument hat seine Richtigkeit. –
Du bist ein braves Kind und obendrein gescheit,
Ich hab' dich nicht umsonst erzogen und belehrt,

Nun zeigt es sich: du bist der Ehe mit mir wert.

ISABELLE

Ja, aber wenn Sie meinen – ich will nicht widersprechen –
Es stünde Ihnen frei, das Siegel zu erbrechen.

SGANARELL

Nein, nein, denn was du sagst, hat wirklich Hand und Fuß,
Du äußerst einen Wunsch, den ich erfüllen muß.
Ein halbes Dutzend Schritte, ein Dutzend Worte – Schluß –
Dann komm' ich, du wirst ruhig, es endet der Verdruß.

Vierte Szene

Sganarell, Ergaste

SGANARELL

Ich bin so überglücklich, daß ich's mit ihr gut traf,
Ich seh' sie an und strahle, sie ist so treu und brav!
An meiner Seite lebt ein Ausbund edler Reinheit,
Schon ein verliebter Blick erscheint ihr als Gemeinheit!
Ein Liebesbrief gar ist die ärgste aller Plagen,
Ich soll ihn ungeöffnet zurück zum Schreiber tragen!
Ob sich in gleicher Lage – das ist's, was ich erwäge –
Das Mädchen meines Bruders wohl ebenso beträge?
Ja, Töchter tun nur das, was sie die Väter lehr'n.
He, holla!

ERGASTE

Wer ist da?

SGANARELL

Sag schleunigst deinem Herrn,
Er möge sich nicht weiter mit Schreibereien belasten
Und keinen Brief mehr senden in einem kleinen Kasten,
Denn meine Isabelle ist mächtig aufgebracht,
Schau her, sie hat das Ding nicht einmal aufgemacht,
Nun merkt er, wie das wirkt, was er vermessen tat,
Und welchen großen Sieg er zu erwarten hat.

Fünfte Szene

Valère, Ergaste

VALÈRE

Was gab das böse Untier in deine Hände, sag!

ERGASTE

Hier dieses Kästchen, Herr, in dem das Briefchen lag,
Das Fräulein Isabelle, so heißt's, von Euch bekam,
Was sie, so heißt es weiter, Euch reichlich übel nahm;
Sie schickt ihn, heißt es schließlich, zurück, so, wie er war,
Lest schnell; ob ich mich täusche, wird uns nun endlich klar.

VALÈRE

»Dieser Brief wird Sie gewiß überraschen, und man mag es als recht kühn ansehen, daß ich ihn schreibe und wie ich ihn an Sie gelangen lasse; doch kann ich in meiner Lage nicht anders und muß gewisse Grenzen überschreiten. Das Grauen vor einer Heirat, die mir in sechs Tagen droht, läßt mich das Äußerste wagen; und in der Absicht, mich durch welche Mittel immer zu befreien, wollte ich lieber zu Ihnen Zuflucht nehmen als zu einem Verzweiflungsschritt. Doch glauben Sie, bitte, nicht, daß nur die drohende Wendung meines Geschicks mich an Sie verweist; nicht meine Zwangslage hat in mir die Gefühle entstehen lassen, die ich Ihnen entgegenbringe. Sie nötigt mich nur zu diesem verfrühten Bekenntnis, läßt mich die Formen vergessen, die der Anstand uns vorschreibt. Von Ihnen allein hängt es ab, ob ich bald die Ihre bin, ich warte auf ein Zeichen, um Klarheit über Ihre Absichten zu gewinnen, und will Ihnen dann meinen Entschluß kundtun; doch vor allem bedenken Sie, daß die Zeit drängt und daß zwei liebende Herzen einander verstehen können, ohne daß es großer Worte bedarf.«

ERGASTE

Nun also, gnädiger Herr, das ist ein feiner Spaß,
Und für ein junges Mädchen kann sie schon dies und das!
Sie kennt verliebte Schliche, wer hätte das gedacht?

VALÈRE

Ich finde, sie hat alles so wunderbar gemacht.

Das Zeugnis ihrer Neigung, die sie mir derart zeigt,
Bewirkt, daß meine Liebe noch um die Hälfte steigt,
Und fügt zu dem Gefühl, das ihre Schönheit prägt . . .

ERGASTE

Das Opfer nähert sich; nun redet überlegt.

Sechste Szene

Sganarell, Valère, Ergaste

SGANARELL

Oh, heil sei dem Erlaß, der mir so sehr behagt,
Der übertriebenen Schmuck an Kleidern untersagt!
Die Qual der Gatten wird in Zukunft stark vermindert,
Die Frauen werden nun in ihrem Drang gehindert.
Ich danke unserem König für seine weise Lehre,
Die aber für die Gatten erst ganz vollkommen wäre,
Wenn sie in Zukunft auch verliebte Tändelei
Genauso unterdrückt wie Samt und Stickerei!
Gebenedeiter Text! Ich kauf' ein Exemplar,
Damit ihn Isabelle mir vorliest, immerdar,
Die schönste Unterhaltung in unseren Musestunden
Des Abends, nach dem Nachtmahl, ist so für uns gefunden.
Und Sie, mein guter Blondkopf, was wird nun, werfen Sie
Noch weiter Liebesbriefe im goldenen Etui?
Sie dachten wohl, Sie träfen ein lockeres Mädchen an,
Erprobt in Liebeshändeln, den Schmeichlern zugetan?
Nun haben Sie erkannt: das Kästchen war wie Luft,
Und jede weitere Mühe ist hoffnungslos verpufft.
Mich liebt das brave Kind, Sie sind ihr widerwärtig,
Verführen Sie eine andere – mit uns hier sind Sie fertig.

VALÈRE

Gewiß, durch Ihre Größe, so allgemein bekannt,
Verlaufen meine Wünsche ganz hoffnungslos im Sand;
Der Wahn befiel mein Herz, ich weiß, es muß mißglücken,
Zum Kampf um Isabelle mit Ihnen auszurücken.

SGANARELL

Das stimmt, der Wahn befiel Sie.

VALÈRE

Auch würde ich nie wagen,
Solch einem Gegenstand die Liebe anzutragen,
Wenn ich im voraus wüßte, daß mir in meiner Not
Ein schrecklicher Rivale von Ihrem Ausmaß droht.

SGANARELL

Das glaub' ich.

VALÈRE

Nun, mir bleibt nur eines: das Verzagen.
Mein Herr, ich weiche Ihnen und will mich nicht beklagen.

SGANARELL

Daran tun Sie ganz recht.

VALÈRE

Was soll's? Es ist beschlossen,
Sie, werter Herr, Sie sind von solchem Glanz umflossen,
Daß ich sehr Unrecht hätte, zu wüten und zu schmähen,
Die Liebe Isabelles für Sie scheel anzusehen.

SGANARELL

Versteht sich.

VALÈRE

Ja, ja, ja, nun räume ich das Feld
Und habe eine Bitte (die einzige auf der Welt,
Mein Herr, die einer äußert, der schmählich unterliegt,
Der leiden muß, weil ihn ein Größerer besiegt):
Sie mögen Isabelle, das bitt' ich Sie, erklären:
Mag mich die Liebesglut auch noch so sehr verzehren,
Mein Fühlen blieb stets frei von sündigem Begehren,
Und was mich auch beseelte, beseelte mich in Ehren.

SGANARELL

Gut.

VALÈRE

Da mich nur die eigenen, nicht fremde Wünsche binden,
Wollt' ich in ihr sonst nichts als meine Gattin finden,
Soferne sie nicht Ihnen ihr Herz verpfändet hätte

Und drum mein reines Werben um ihre Gunst verschmähte.

SGANARELL

Sehr gut.

VALÈRE

Daß Isabelle, was immer auch geschähe,
Nie denke, daß ihr Bild in meinem Geist vergehe,
Daß, welches Los der Himmel mir auch bestimmen mag,
Ich sie wie heute liebe an meinem letzen Tag,
Daß ich mich zum Verzicht im Leben nie entschlösse,
Es sei denn aus Respekt vor ihres Vormunds Größe.

SGANARELL

Das nenn' ich klug gesprochen, ich werde ihr gleich jetzt
Die Rede wiedergeben, die sie wohl nicht verletzt.
Doch lassen Sie sich raten: bemühen Sie sich redlich,
Die Leidenschaft nach Kräften zu zügeln, sie ist schädlich.
Empfehle mich.

ERGASTE *zu Valère*

Wie gut! Wie lieb!

SGANARELL *für sich*

Er tut mir leid,
Der Arme, Unglückselige mit seiner Freundlichkeit;
Doch hat er eben Pech, der übermütige Knabe,
Belagert eine Festung, die ich erobert habe.

Siebente Szene

Sganarell, Isabelle

SGANARELL

Kein Jüngling trauerte je über einen Brief,
Den man ihm ungelesen zurückgab, derart tief.
Statt froher Zuversicht erfüllt ihn banges Zagen,
Er hat mich inständig gebeten, dir zu sagen,
Daß er dich liebte, frei von sündigem Begehren,
Und was ihn auch beseelte, beseelte ihn in Ehren,
Und da ihn nur die eigenen, nicht fremde Wünsche binden,

Mag er in dir sonst nichts als nur die Gattin finden,
Soferne du nicht mir dein Herz verpfändet hättest
Und drum sein reines Werben um deine Gunst verschmähtest;
Du darfst auf keinen Fall, was immer auch geschehe,
Je denken, daß dein Bild in seinem Geist vergehe,
Denn welches Los der Himmel ihm auch bestimmen mag,
Er wird dich auch noch lieben an seinem letzten Tag,
Wenn er sich zum Verzicht im Leben je entschlösse,
Dann einzig aus Respekt vor deines Vormunds Größe. –
Das waren seine Worte; man hört sie und verzeiht –
Er ist ein braver Mann, der liebt, er tut mir leid.

ISABELLE *für sich*

So hat denn seine Werbung mein Ahnen nicht getrogen,
Die Sprache seiner Augen war rein und nicht verlogen.

SGANARELL

Was sagst du?

ISABELLE

Daß es weh tut, wenn Sie als braver Mann
Den rühmen, den mein Herz nur tödlich hassen kann;
Und daß Sie, wenn Sie mich, wie Sie behaupten, lieben,
Den Hohn durchschauen müssen im Spiel, das er getrieben.

SGANARELL

Ihm war ja deine Neigung zu mir noch nicht bekannt;
Und da er alledem, was er für dich empfand,
In Ehren Ausdruck gab . . .

ISABELLE

Der Mensch hat doch begehrt,
Mich heimlich zu entführen; ist das so ehrenwert?
Der Mann von Ehre wollte ein Bubenstück vollbringen,
Mich Ihrem Schutz entziehen und mich zur Heirat zwingen,
Als wär' ich eine solche und überhaupt imstande,
Nur einen Tag zu leben in Sünde und in Schande.

SGANARELL

Wie? Was?

ISABELLE

Ich weiß gewiß: von Anstand ungerührt,

Plant er, mich zu erringen, indem er mich entführt;
Nur eines weiß ich nicht: durch welche Missetat
Er Ihre jüngste Absicht so schnell erfahren hat,
Sie taten es sogar mir selbst erst gestern kund:
Uns eint noch diese Woche der holde Ehebund;
Dem Tag zuvorzukommen, muß ihm geboten scheinen,
An dem sich unsere Hände und unsere Herzen einen.

SGANARELL

Er ist ein Tunichtgut!

ISABELLE

Verzeihung, bitte, nein,
Er ist ein braver Mann, der ehrenwert und rein ...

SGANARELL

Er ist ein Galgenstrick, der Spaß geht mir zu weit.

ISABELLE

Und Ihre Nachsicht fördert die Unverfrorenheit.
Denn hätten Sie ihm eben die Meinung recht gesagt,
Dann hätte ihn die Angst vor unserem Zorn gepackt,
Doch so, dem Brief zum Trotz, den ich ihm wiedergab,
Läßt er noch immer nicht von seinem Frevel ab,
Und seine Neigung wähnt – ich weiß es ganz gewiß –,
Daß sie in meinem Herzen auf Gegenliebe stieß,
Daß ich mich Ihrer Hand so gern entzogen sähe
Und drum nach einem Ausweg aus unserer Ehe spähe.

SGANARELL

Er ist ein Narr.

ISABELLE

Vor Ihnen hat er sich klug verstellt:
Ein Herr, der einen anderen in Ehren unterhält,
Oh, glauben Sie mir doch, ich seh's mit großem Bangen,
Durch schmeichlerische Reden hat er Sie eingefangen,
Ich trachtete so innig, in Ehrbarkeit zu leben,
Den Ränken des Verführers beherzt zu widerstreben,
Nun seh' ich Sie, mein Vormund – soll mich das nicht ver-
[drießen? –
Die schlimmsten Kompromisse in meinem Namen schließen!

SGANARELL

Sei außer Sorge, Kind.

ISABELLE

Ich muß es Ihnen sagen:
Wenn Sie nicht willens sind, mit Macht zurückzuschlagen,
Wenn sich kein Mittel findet, mich von den Bübereien
Des tollen Abenteurers in Kürze zu befreien,
Dann will ich Sie verlassen auf Nimmerwiedersehen,
Um weiterer Verfolgung und Kränkung zu entgehen.

SGANARELL

Reg dich nicht auf, mein Weibchen; komm, komm und laß dich [bitten,
Ich such' ihn auf und les' ihm gehörig die Leviten.

ISABELLE

Ja, legen Sie ihm nah, auf Leugnen zu verzichten.
Ich danke, was ich weiß, verläßlichen Berichten,
Von welcher Taktik immer er sich Erfolg verspricht,
Er kann es ja versuchen, mich überrascht er nicht,
Drum soll er weder Seufzer noch soll er Zeit verlieren,
Sich über mein Gefühl für Sie gut informieren,
Soll sich, daß ihn nicht später Gewissensqualen fassen,
Ein und dieselbe Sache nicht zweimal sagen lassen.

SGANARELL

Ich will es ihm bestellen.

ISABELLE

Und zwar ganz in dem Sinn,
Daß ich von meiner Neigung nicht abzubringen bin.

SGANARELL

Ja, geh nur; alles das erzähl' ich ihm auf Ehr'.

ISABELLE

Ich warte ungeduldig auf Ihre Wiederkehr.
Beeilen Sie sich, bitte, und kommen Sie geschwind,
Ich sehne mich nach Ihnen, wenn Sie mir ferne sind.

SGANARELL

Ja, geh nur, Püppchen, Herzchen, in Kürze komme ich,
Wer sah je eine Bessere, Gescheitere als dich?!

Isabelle geht

Ich bin vor Glück und Freude ganz außer Rand und Band,
Daß ich genau die Frau, die ich mir wünsche, fand!
Wohl mir! Sie ist ein Muster, so müssen Frauen sein,
Nicht wie die meisten anderen, verstrickt in Tändelei'n,
Wie jene, deren Reize so mancher heimlich preist,
Auf deren brave Gatten Paris mit Fingern weist. –
Da kommt ja unser Ritter, der große Held, herbei.

Achte Szene

Valère, Sganarell, Ergaste

VALÈRE
Mein Herr, was führt Sie her?
SGANARELL
Nur Ihre Narretei.
VALÈRE
Verzeihung . . .
SGANARELL
Was nun folgt, ist Ihnen wohl schon klar:
Ich hielt Sie für vernünftig, was aber irrig war.
Wie, was: mich überschütten mit schönen Redensarten
Und dabei insgeheim Unmögliches erwarten?
Ich kam zu Ihnen anfangs mit Nachsicht, ja: mit Huld,
Jetzt reißt mir die Geduld, und das ist Ihre Schuld.
Ja, schämen Sie sich nicht – ein Mann von Ihren Gaben –
All das im Geist zu planen, was Sie im Sinne haben:
Ein tugendhaftes Mädchen entführen, voll Niedertracht,
Den Heiratsplan durchkreuzen, der sie so glücklich macht?
VALÈRE
Wie sonderbar, mein Herr! Woher stammt diese Kunde?
SGANARELL
Ganz schlicht: von Isabelle, aus ihrem eigenen Munde.
Ich soll Ihnen bestellen, und zwar zum letztenmal:
Sie kennen ihre Neigung, sie traf schon ihre Wahl.

Sie ist für mich bestimmt und würde lieber sterben
Als an der Seite dessen, den sie nicht liebt, verderben,
Kurzum, mein Herr, Sie würden den ärgsten Schaden stiften,
Durch Zögern würden Sie ein armes Herz vergiften.

VALÈRE

Wenn diese Botschaft wahr ist, die nun zu mir gelangt,
Bleibt nur ein Weg für das, wonach mein Herz verlangt,
Da mir durch Ihre Worte nun völlig offenbar ist,
Daß nun das Ende nah ist, wenn diese Botschaft wahr ist.

SGANARELL

»Wenn«? Meinen Sie vielleicht, daß ich als Mann von Ehre
Die Klagen, die sie äußert, verfälsche und verzerre?
Soll sie vielleicht die Ängste, die sie so sehr bewegen,
Zur Vorsicht selbst beschreiben? Ich habe nichts dagegen.
Ja, kommen Sie und hören Sie; ich hab' nicht übertrieben,
Sie kann ja von uns beiden doch wohl nur einen lieben.

Neunte Szene

Isabelle, Sganarell, Valère

ISABELLE

Sie bringen ihn zu mir? Warum, aus welchem Grunde?
Sie sind jetzt, statt mit mir, vielleicht mit ihm im Bunde?
Sie haben sich dem Dienst des edlen Herrn verschrieben?
Sie wollen vielleicht gar mich zwingen, ihn zu lieben?

SGANARELL

Das nicht, weil mir dein Herz zu teuer ist, mein Kind;
Doch was ich ihm auch sage, er schlägt es in den Wind.
Er bleibt dabei: ich lüge, nur weil es mir so paßt,
Daß du mich zärtlich liebst und ihn fanatisch haßt,
Drum sei er eines Besseren durch deinen Mund belehrt
Und von dem Wahn befreit, der seine Neigung nährt.

ISABELLE *zu Valère*

Wie, hat mein Herz sich Ihnen noch immer nicht enthüllt,
Der Wunsch nicht offenbart, der sich so sehr erfüllt?

VALÈRE

Verehrtes Fräulein, ja, als Botschaft hörte ich
So manches, und es war verwirrend neu für mich,
Der übergroßen Liebe, an der ich grausam leide,
Sind Zweifel wohl gestattet, wie sich ihr Los entscheide,
Ich bin zutiefst bewegt – soviel steht auf dem Spiel,
Daß ich Ihr Wort von Ihnen noch einmal hören will.

ISABELLE

Nicht doch; verwirrt zu sein, besteht für Sie kein Grund –
Mein ehrliches Gefühl, es wurde Ihnen kund,
Auf Gegenseitigkeit scheint es mir zu beruh'n,
So hab' ich wohl das Recht, es Ihnen kundzutun.
Ich hoffe, man begreift es, wenn ich es eingestehe:
Das Schicksal hat gefügt, daß ich zwei Menschen sehe ...
Mein Herz bewegen hier, in beider Gegenwart,
Sehr heftige Gefühle von sehr verschiedener Art:
Der eine könnte es zur Zärtlichkeit bewegen,
Ich käm' in allen Ehren dem, was er wünscht, entgegen,
Der andere sei erfüllt von noch so wilder Glut,
Ihn trifft als meine Antwort nur Abscheu, Haß und Wut,
Die Gegenwart des einen kann mir das Herz erquicken,
Es macht mich froh und heiter, sein Antlitz zu erblicken,
Wenn ich den andern aber auch nur von ferne sehe,
Krampft sich mein Herz zusammen, wird mir so bang, so wehe.
Dem einen zu gehören, wird mir Erfüllung sein,
Den andern nehmen, hieße: dem sicheren Tod mich weih'n.
Den tragischen Konflikt hab' ich nun offenbart,
Ihn weiter auszumalen, bleibt mir gewiß erspart;
Der, den ich liebe, muß nun an seine Stunde glauben,
Geschickt dem, den ich hasse, all seine Hoffnung rauben,
Er möge mich der Pein, die mich bedroht, entzieh'n,
Er führe meinen Weg zum guten Ende hin.

SGANARELL

Ja, allerliebstes Schätzchen, das, was du willst, geschieht.

ISABELLE

Ja, bitte, weil man mich sonst nie zufrieden sieht.

SGANARELL
Bald sieht man dich zufrieden.
ISABELLE
Es schickt sich nicht, ich weiß,
Kein Mädchen gibt so offen geheime Wünsche preis.
SGANARELL
Ach, was!
ISABELLE
Doch an dem Kreuzweg, zu dem mein Schicksal kam,
Ist's wohl verzeihlich, daß ich mir diese Freiheit nahm;
So muß ich nicht erröten, so ist es nicht fatal,
Denn mein Geständnis gilt dem Gatten meiner Wahl.
SGANARELL
Ja, Liebe, Gute, Beste, du Herzblatt ohnegleichen!
ISABELLE
Wie ist er mir gesinnt? Ich warte auf ein Zeichen!
SGANARELL
Komm her, küß mir die Hand!
ISABELLE
Mehr als verliebtes Schmachten
Tut not, um nach dem Ziel, das meines ist, zu trachten,
Es geht um eine Ehe – wem ich mein Wort verpfände,
Nur ihm und keinem sonst gehör' ich bis zum Ende.
Sie tut, als umarmte sie Sganarell, und reicht Valère dabei die Hand
SGANARELL
Du süßer kleiner Stöpsel, du Schneck, sei nur nicht bang,
Gedulde dich ein Weilchen, es dauert gar nicht lang.
zu Valère
Da hören Sie's, mein Herr, sie sagt es ohne Zwang,
Ich bin der Hahn im Korb, nach mir ist ihr so bang.
VALÈRE
Nun denn, verehrtes Fräulein, ich weiß, woran ich bin,
Ich hörte Ihre Worte, verstehe auch den Sinn,
Und bald wird jener Mann, den Sie so wenig schätzen,
Durch seine Gegenwart Ihr Auge nicht verletzen.

ISABELLE

Sehr gut, ich wüßte nicht, was mir genehmer wäre,
Der Anblick tut mir weh, entheiligt meine Ehre,
Er ist so hassenswert, daß ich ihn kaum ertrage . . .

SGANARELL

Na, na, na!

ISABELLE

Kränkt es Sie, wenn ich dergleichen sage?
Soll ich . . .

SGANARELL

Nein, Kindchen, »kränkt«, das geht wohl etwas weit,
Doch wenn ich ehrlich bin: der Junge tut mir leid,
Die Art, wie du ihn hernimmst, ist etwas übertrieben.

ISABELLE

Ich kann nur heftig hassen und leidenschaftlich lieben.

VALÈRE

Sie finden, was Sie suchen: drei Tage nur vergehen,
Dann schwindet der Verhaßte auf Nimmerwiedersehen.

ISABELLE

Recht so, mein Herr. Adieu.

SGANARELL

Sie sind ein armer Wicht,
Doch . . .

VALÈRE

Nein, ich bleibe standhaft, mein Herz beklagt sich nicht,
Die Dame sagte deutlich, wohin ihr Streben zielt,
Nun will ich mich bemühen, zu tun, was sie befiehlt.
Adieu.

SGANARELL

Der arme Kerl! Sein Schmerz verzehrt ihn schier.
zu Valère
Komm, küsse mich, ich bin ja schon fast ein Teil von ihr!

Zehnte Szene

Isabelle, Sganarell

SGANARELL

Er dauert mich, der Gute.

ISABELLE

Mir tut er gar nicht leid.

SGANARELL

Doch deine Liebe bringt mir höchste Seligkeit,
Mein Schätzchen, und ich will, daß sie ans Ziel gelangt,
Acht Tage warten, wäre zuviel von dir verlangt,
Schon morgen soll es sein, du wirst mir angetraut.

ISABELLE

Schon morgen?

SGANARELL

Ja, jetzt spielst du die schamhaft spröde Braut;
Doch deine Seele jubelt, man sieht dir's nur nicht an,
Am liebsten hättest du: es wäre schon getan.

ISABELLE

Doch . . .

SGANARELL

Alles vorbereiten heißt's nun für unsere Ehe!

ISABELLE

O Himmel, steh mir bei, mach, daß ich ihr entgehe!

Dritter Akt

Erste Szene

Isabelle

Ja, hundertfacher Tod erscheint mir nicht so schlimm
Wie der verhaßte Zwang zum Ehebund mit ihm;
Versuch' ich, mich nun heimlich dem Unheil zu entwinden,
Mag der Verzweiflungsschritt geneigte Richter finden.
Die Zeit drängt, es ist Nacht; dem edlen, liebsten Mann
Vertrau' ich, frei von Angst, getrost mein Schicksal an.

Zweite Szene

Sganarell, Isabelle

SGANARELL
Da bin ich wieder, ja; der Hahn, der morgen kräht . . .

ISABELLE
O Himmel!

SGANARELL
Du mein Schatz?! Woher, wohin, so spät?
Beim Abschied sagtest du, daß du sehr müde bist,
In deine Kammer gehst, die Tür von innen schließt,
Und wenn ich wiederkomme, hast du mich nicht gebeten,
Um dich nicht aufzuwecken, sehr leise aufzutreten?

ISABELLE
Gewiß doch, aber . . .

SGANARELL
Nun?

ISABELLE
Sie sehen mich verwirrt,
Wie soll ich es erklären? Es ist so kompliziert.

SGANARELL
Es? Was denn?

ISABELLE

Meine Schwester – unglaublich, kaum zu fassen,
Sie hat mich angefleht, die Kammer zu verlassen
Und sie dort einzuschließen – ich war nicht gern bereit –
In ihrer Liebe geht sie entschieden viel zu weit.

SGANARELL

Was heißt das?

ISABELLE

Sie gestand mir: sie liebt den Mann, der mich
So sehr bedrängt.

SGANARELL

Valère?

ISABELLE

Sie ist ganz außer sich
Vor wilder Leidenschaft, in solcher Glut entbrannt,
Sie weiß nicht, was sie tut – ich hab' sie kaum erkannt,
Man denke nur: sie kam, allein, um diese Zeit,
Hat mich in ihr Geheimnis vertraulich eingeweiht.
Verzehre sie sich weiter in unerfülltem Streben,
Sei sie, so meinte sie, dem Tod anheimgegeben;
Verstohlenes Einverständnis erwies den beiden klar
Die Stärke ihrer Neigung vor etwa einem Jahr,
Im Rausch der jungen Liebe, so frisch, so unerprobt,
Hat sie sich mit Valère ganz insgeheim verlobt.

SGANARELL

Die Hexe!

ISABELLE

Sie erfuhr, wie sehr ihr Liebster leide,
Daß sich mein Herz für Sie und gegen ihn entscheide,
Und bat mich, ihr zu helfen, ihn wiederzugewinnen,
Sie schwände ohne ihn, so sagte sie, von hinnen,
Sie tauscht mit mir die Rollen, ich lass' sie bei mir ein,
Sie will an meiner statt in meiner Kammer sein,
Ihm dann in einem Ton, der meiner Stimme gleiche,
Viel Liebes flüsternd sagen, daß es sein Herz erweiche,
Zurückgewinnen will sie durch dieses schlaue Spiel,
Was sie so heiß ersehnt, was mir so sehr mißfiel.

SGANARELL

Und findest du das . . .

ISABELLE

Ich? War wütend und erbost.
Wie, Schwester, rief ich aus, du bist ja nicht bei Trost!
Erröten solltest du, verschwendest deine Glut
An Unbeständigkeit, Verrat und Wankelmut,
Entehrst dein Mädchentum und willst den hintergehen,
Den dir dein guter Stern als Gatten ausersehen?

SGANARELL

Ja, das geschieht ihm recht! Das sagst du wundervoll.

ISABELLE

Wohl hundert Gründe nannte ich ihr in meinem Groll,
Um ihr die Niedrigkeit der Wünsche zu enthüllen,
Die ich nicht willens sei, ihr heute zu erfüllen;
Sie offenbarte mir jedoch so wildes Sehnen,
Begann, so schwer zu seufzen, vergoß so heiße Tränen,
Da sie durch meine Schuld tief in Verzweiflung schmachte,
Wenn ich ihr vorenthielte, wonach sie innig trachte,
Bis ich mich selbst vergesse und ihrem Flehen erliege;
Und als Rechtfertigung der nächtlichen Intrige
Zu welcher mich die Bande der Blutsverwandtschaft brachten,
Wollt' ich Lucrèce ersuchen, bei mir zu übernachten,
Ein Mädchen, dessen Sitten das höchste Lob verdienen,
Und auf dem Weg zu ihr begegnete ich Ihnen.

SGANARELL

Nein, keine Heimlichkeiten bei Nacht in meinem Haus!
Ging's nur um meinen Bruder, säh' alles anders aus,
Doch wenn man etwas merkt, und du, demnächst mein Weib,
Der höchsten Ehre teilhaft durch mich und meinen Leib,
Mußt nicht nur wohlgeboren und sittsam, keusch und rein,
Nein, mußt auch frei vom Schatten des kleinsten Argwohns sein.
Komm, holen wir die Verworfene, sie büße die Verirrung . . .

ISABELLE

Oh, stoßen Sie mich nicht in äußerste Verwirrung!
Sie würde sich beklagen, und das mit vollem Recht,

Ich kannte ein Geheimnis, ich hütete es schlecht.
Und muß ich sie schon opfern, darf ich sie nicht verstohlen
Und ohne Sie als Zeugen aus meiner Kammer holen?

SGANARELL

Nun also, meinetwegen.

ISABELLE

Dann gehen Sie, bitte, fort,
Und wenn sie aus dem Haus kommt, kein Blick, kein Laut, kein [Wort.

SGANARELL

Ich soll . . .? Gut, dir zuliebe – ich halte mich zurück,
Doch ist sie einmal fort: im nächsten Augenblick
Lauf' ich zu meinem Bruder, gleich wird's ihm anvertraut,
Das saftige Histörchen von seiner holden Braut.

ISABELLE

Nur meinen Namen – bitte, erwähnen Sie ihn nicht!
Gut' Nacht, ich schliess' mich ein und lösche gleich das Licht.

SGANARELL *allein*

Auf morgen, Schatz! – Ich bebe, von Ungeduld verzehrt,
Bis mein geliebter Bruder die gute Nachricht hört!
Da hast du's nun, du Braver, du Edler, Liberaler,
Der Spaß ist mir nicht feil für fünfundzwanzig Taler.

ISABELLE *im Haus*

Ja, meine liebe Schwester, ich muß dich leider kränken;
Was du von mir begehrst, daran ist nicht zu denken:
Es geht um meine Ehre, mit ihr darf man nicht spaßen,
Sogleich, eh es zu spät ist, mußt du mich nun verlassen.
sie erscheint verschleiert

SGANARELL *für sich*

Sie kommt, das Haupt gesenkt, die Sünde drückt sie schwer,
Bewahre uns der Himmel vor ihrer Wiederkehr!
versperrt das Haustor

ISABELLE *für sich*

O Himmel, sei mir gnädig und segne meinen Plan!

SGANARELL *für sich*

Wohin sie gehen mag? Das sehen wir uns an.

ISABELLE *für sich*
Die Nacht begünstigt mich in meines Herzens Pein.
SGANARELL *für sich*
Hier wohnt der, den sie liebt – geht sie zu ihm hinein?

Dritte Szene

Valère, Sganarell, Isabelle

VALÈRE *sich allein glaubend*
Ja, es ist höchste Zeit, ich muß sie sehen, ich will
Sie sprechen ... Wer ist da?
ISABELLE
Ich bitte Sie: nur still!
Ich bin es, Isabelle, ich kam Ihnen zuvor.
SGANARELL *für sich*
Du bist es nicht, du lügst! Er merkt es nicht, der Tor!
Sie hält die Ehre hoch, die du so frech entweihst,
Wenn du dir ihren Namen und ihre Stimme leihst.
ISABELLE
Doch nur, wenn Sie und mich der Ehe heilig Band ...
VALÈRE
Mein Herz kennt nur ein Ziel, Geliebte: deine Hand.
Ich schwör' es bei der Sonne, die morgen auf uns scheint,
Sie sieht uns, wo du willst, für alle Zeit vereint.
SGANARELL
Er geht in ihre Falle.
VALÈRE
Tritt ein, ganz ohne Scheu,
Dein Vormund hat das Nachsehen, ich täusch' ihn ohne Reu',
Und widersetzt er sich den Stürmen meiner Liebe,
Zerschmettert ihn mein Arm durch tausend gute Hiebe.
beide gehen in das Haus des Valère
SGANARELL
Nein, das versprech' ich dir: ich widersetz' mich nie,
Die liebestolle Hexe, wie gern lass' ich dir sie,

Ich bin nicht eifersüchtig auf deinen Treueschwur,
Und fragst du mich, dann sag' ich: Ja, bitte, nimm sie nur!
Doch nun kommt das Vergehen der Buhlerin ans Licht,
Der Schatten ihres Vaters, er macht es mir zur Pflicht,
Und auch weil ihrer Schwester mein ganzes Herz geweiht ist,
Muß man das Äußerste verhindern, wenn's noch Zeit ist.
He, Wache!

Vierte Szene

Sganarell, Notar, Kommissär, dessen Gefolge

KOMMISSÄR

Ja, was gibt's?

SGANARELL

Grüß Gott, Herr Kommissär!
Ein Mann in Amtstracht kommt zur rechten Zeit hierher.
Man braucht Sie und Ihr Licht in jenem Hause dort.

KOMMISSÄR

Wir sind . . .

SGANARELL

Die Sache eilt, man braucht Sie dort sofort.

KOMMISSÄR

Wozu?

SGANARELL

Um in dem Haus ein Pärchen aufzufinden,
Das dringend danach schreit, sich ehelich zu binden.
Das Mädchen, unser Mündel, hat sich dorthin begeben . . .
Nach Zusage der Ehe verführt man es soeben.
Der Herkunft nach sehr ehrsam, von allerbestem Blut,
Jedoch . . .

KOMMISSÄR

Ja, wenn es das ist, dann trifft sich alles gut,
Denn hier ist ein Notar.

SGANARELL

Notar?

KOMMISSÄR

Notar.

NOTAR

Notar.

SGANARELL

Sie sind Notar?

NOTAR

Notar.

KOMMISSÄR

Ein trefflicher sogar.

SGANARELL

Grüß Gott, mein Herr Notar. Betreten Sie das Haus . . .
zum Kommissär
Sie lassen mir die beiden auf keinen Fall hinaus,
Sie widerstreben ehern den kostbarsten Geschenken,
Ich will Sie königlich für Ihren Dienst bedenken.

KOMMISSÄR

Mein Herr, ich bin Beamter, Sie wollen doch nicht am Ende . . .

SGANARELL

Es ist gewiß nicht Tadel, was ich den Herren spende.
Ich hole meinen Bruder jetzt möglichst schnell hierher,
Ein wenig leuchten, bitte – ja, so – ich danke sehr!
Jetzt will ich ihn erfreuen, den milden, sanften Mann.
Holla!

Fünfte Szene

Ariste, Sganarell

ARISTE

Wer da? – Ah, du! So spät noch klopfst du an?

SGANARELL

Ja, komm nur, Tugendreicher, du greiser Weiberheld,
Du sollst gleich etwas sehen, was dir sehr wohl gefällt.

ARISTE

Wie das?

SGANARELL

Ich hab' für dich die schönste Neuigkeit.

ARISTE

Was?

SGANARELL

Deine Léonor, wo ist sie wohl zur Zeit?

ARISTE

Was soll denn diese Frage? Sie ist auf einem Ball
Bei ihren Freunden ...

SGANARELL

Ja? Dann, bitte, komm einmal ...
Ich zeige dir den Ball, zu dem's die Dame zog.

ARISTE

Was hat das zu bedeuten?

SGANARELL

Du Meisterpädagog:
»Es ist ein Aberglaube, daß Härte wirklich nützt,
Ich finde, daß nur Güte die Seele recht beschützt,
Man mag voll Mißtrauen Türen mit Schloß und Riegel bauen,
So stärkt man nicht die Tugend der Mädchen und der Frauen,
Durch eiserne Gebote wird man ihr Herz nicht rühren,
Denn Weiber wollen gern ein wenig Freiheit spüren.«
Die Freiheit tut ihr gut, der schlauen Heuchlerin,
Und ihre Tugend führt sie zu edlen Zielen hin.

ARISTE

Was soll denn diese Rede, was ist ihr wahrer Grund?

SGANARELL

Mein lieber älterer Bruder, sie ist für dich gesund;
Und hundert Golddukaten wär' mir der Nachweis wert:
Du hast nur Wahn gepredigt, nur Narretei gelehrt;
Aus zweifacher Behandlung erwächst der Unterschied:
Die Schwester sucht den Mann, den ihre Schwester flieht.

ARISTE

Sprich nicht in Rätseln, sag mir die Wahrheit, voll und ganz.

SGANARELL

Den Ball gibt Herr Valère, er spielt ihr auf zum Tanz;

Bei Nacht und Nebel schlich sie zu ihm, daß Gott erbarm,
Und jetzt, zu dieser Stunde, jetzt hält er sie im Arm.

ARISTE

Wen?

SGANARELL

Léonor.

ARISTE

Hör auf! Zu weit geht dieser Spaß.

SGANARELL

Ich spaße? Du bist gut. Mein voller Ernst ist das!
Du armer Kerl, wie oft muß ich es wiederholen:
Zur Zeit umarmt Valère dein braves Kind verstohlen,
Es ist schon lange her, daß sie ihm Treue schwor,
Noch eh er Isabelle als Beute sich erkor.

ARISTE

Was du mir da berichtest, das alles widerspricht...

SGANARELL

Wenn du's mit Augen siehst, glaubst du's noch immer nicht?!
Jetzt werde ich rabiat! Welch eine dumme Sitte,
Daß man das Alter ehrt!

ARISTE

Mein Bruder, willst du, bitte...

SGANARELL

O Gott, nichts will ich, nichts, nur daß du mit mir gehst,
Weil du dann hoffentlich, selbst du, vielleicht, verstehst,
Daß ich nicht phantasiere, daß dieses Liebespaar
Ganz regelrecht verlobt ist, seit etwa einem Jahr.

ARISTE

Verstehen? Sie hätte sich dazu bereit gefunden,
Sich hinter meinem Rücken dem anderen verbunden,
War ich nicht immer wieder seit ihrer Kinderzeit
Verständig und in allem zur Nachsicht stets bereit,
Hab' ich ihr nicht beteuert so manches liebe Mal,
Ich achte jede Neigung, ich lass' ihr freie Wahl?

SGANARELL

Mit deinen eigenen Augen siehst du's, was willst du mehr?

Ich rief den Kommissär nebst dem Notar hierher,
Wir nehmen sie beim Wort, sie gab ihm ihr Gelöbnis,
Wir retten ihre Ehre, besiegeln das Verlöbnis;
Du bist doch nicht so schwach, daß du das lose Ding
Als Ehefrau begehrst, nachdem es sich verging?
er deutet auf den Kopf
Wenn du da noch was hast, ein wenig, letzte Reste,
Sag, bitte, jetzt nicht mehr: Was ich tat, war das Beste!

ARISTE

Nein, Bruder, diese Schwäche wirfst du mir niemals vor,
Die Ehe zu erzwingen, wenn ich ein Herz verlor,
Doch glaub' ich nie und nimmer . . .

SGANARELL

Ein Wort und noch ein Wort!
Geht unser Dialog in Ewigkeit so fort?!

Sechste Szene

Kommissär, Notar, Sganarell, Ariste

KOMMISSÄR

Man kann es sich ersparen, gewaltsam vorzugehen,
Und wünschen Sie die beiden verheiratet zu sehen,
Dann gibt es keinen Anlaß, sich weiter zu erregen,
Denn alle beide sind dafür und nicht dagegen.
Schon hat uns Herr Valère in aller Form erklärt,
Daß er sie, die bei ihm ist, zu heiraten begehrt.

ARISTE

Die Tochter . . .

KOMMISSÄR

Schloß sich ein und will erst dann erscheinen,
Wenn väterliche Wünsche sich mit den ihren einen.
alle wollen in Valères Haus gehen

Siebente Szene

Kommissär, Valère, Notar, Sganarell, Ariste

VALÈRE *am Fenster*

Nein, werte Herren, Sie kommen in dieses Haus erst dann,
Wenn ich mit diesen Wünschen verläßlich rechnen kann.
Sie wissen, wer ich bin, und ich weiß, was ich soll,
Ich gab mein Einverständnis korrekt zu Protokoll,
Und billigen Sie gleichfalls besagten Ehebund,
Tun Sie es, bitte, gleichfalls unmißverständlich kund;
Doch will man meiner Liebe ihr hohes Ziel entziehen,
Dann lasse man mich lieber aus diesem Leben fliehen.

SGANARELL

Nein, man entzieht kein Ziel, verehrter Bräutigam. *für sich*
Er meint, daß Isabelle in seine Wohnung kam.
Den Irrtum muß man nützen.

ARISTE

Doch welche, welche will . . .

SGANARELL

So sei doch . . .

ARISTE

. . . mit ihm . . .

SGANARELL

. . . endlich . . .

ARISTE

. . . die Ehe schließen?

SGANARELL

[. . . still!

Kannst du den Mund nicht halten?

VALÈRE

Was immer auch geschehe:
Ich liebte Isabelle, sie suchte meine Nähe,
Und wenn Sie's recht bedenken, scheint der, der sie begehrt,
Vielleicht, ich will es hoffen, nicht ganz verdammenswert.

ARISTE

Was er da sagt, ist nicht . . .

SGANARELL

Jetzt schweig; in kurzer Zeit
Weißt du des Rätsels Lösung. *zu Valère* Wir beide sind bereit,
Gestatten, daß sich jene, die sich dort drin befindet,
Mit Ihnen, Herr Valère, vor dem Notar verbindet.

KOMMISSÄR

Das ist schon im Kontrakt vermerkt, bis auf den Namen
Der Gattin, weil wir sie noch nicht zu sehen bekamen.
er zeigt auf den Kontrakt
Die Unterschriften noch, der Streitfall ist entschieden.

VALÈRE *unterschreibend*

Mit allergrößter Freude.

SGANARELL

Auch ich bin sehr zufrieden,
Nun werden wir gleich lachen. – Mein Bruder, unterschreibe,
Dir kommt die Ehre zu.

ARISTE

Wie das? Ich bin und bleibe . . .

SGANARELL

Zum Henker, zier dich nicht und schreib, du armer Tor!

ARISTE

Er spricht von Isabelle, und du meinst Léonor.

SGANARELL

Und wenn sie es auch wäre, was hättest du dagegen,
Daß sie einander lieben – verweigerst du den Segen?

ARISTE

Gewiß nicht.

SGANARELL

Unterschreib, dann ich – kein Aufenthalt!

ARISTE *unterschreibend*

Gut; doch versteh' ich nicht . . .

SGANARELL *unterschreibend*

Es dämmert dir sehr bald.

KOMMISSÄR

Wir sind gleich wieder hier.
mit dem Notar und Valère in Valères Haus gehend

SGANARELL

Nun will ich dir den Fall
Ausführlich und genau erklären.
mit Ariste in den Hintergrund gehend

Achte Szene

Léonor, Lisette, Sganarell, Ariste

LÉONOR

Oh, dieser Ball!
Ich hab' mich fortgestohlen, man kommt ja dort fast um:
Die vielen jungen Narren, so zudringlich, so dumm!

LISETTE

Die Flut von Komplimenten und nicht ein echtes Wort!

LÉONOR

Ich fühlte mich noch nie so fehl am Platz wie dort;
Das simpelste Gespräch sagt mir bedeutend mehr
Als die galanten Phrasen, so öd und hohl und leer,
Die sie bedeutungsschwer wie goldene Worte sagen,
Nur weil sie blonde Haare auf ihren Köpfen tragen,
Und sind dabei so taktlos: auf einen alten Mann
Und seine Liebe spielen sie mit faulen Witzen an;
Doch mich pflegt dieser Alte viel mehr zu interessier'n
Als jeglicher Verehrer mit seinem Jünglingshirn.
Was sehe ich? Da ist . . .

SGANARELL

Nun hast du es vernommen.
Léonor und Lisette sehend
Da ist sie ja. Lisette ist auch hierher gekommen.

ARISTE

Mein Kind, ich habe leider Beschwerden vorzubringen;
Du weißt: es liegt mir fern, was immer zu erzwingen,
Du konntest immer wieder den Grundsatz von mir hören:
Ich möchte deine Neigung nicht lenken und nicht stören,

Warum verrätst du nun die Freiheit, die uns band,
Verpfändest insgeheim dem anderen Herz und Hand?
Ich schenkte dir in Großmut ein Leben ohne Angst,
Nun tut's mir bitter weh, wie du mir dafür dankst,
Du fandest bei mir Freundschaft und Zärtlichkeit, mein Kind,
Und was tust du mir an? Das hab' ich nicht verdient.

LÉONOR

Was werfen Sie mir vor? Der Sinn ist mir nicht klar.
Bin ich nicht mehr dieselbe, die, die ich immer war?
Nein, nichts kann meiner Achtung und Schätzung widersprechen,
Mir schiene jeder Bruch der Freundschaft ein Verbrechen,
Vermöcht' ich meinem Sehnen und Fühlen nachzugeben,
Vereinigt uns schon morgen das heilige Band fürs Leben.

ARISTE *zu Sganarell*

Durch welche Fakten, Bruder, durch welche angeblichen ...

SGANARELL

Du warst nicht bei Valère, bist nicht zu ihm geschlichen,
Hast heute Nacht die Neigung für ihn nicht offenbart,
Du bist nicht in Valère seit einem Jahr vernarrt?

LÉONOR

Wer malt ein solches Bild von mir und meinem Herzen,
Wem ist daran gelegen, mich derart anzuschwärzen?

Neunte Szene

Isabelle, Valère, Kommissär, Notar, Ergaste, Lisette, Léonor, Sganarell, Ariste

ISABELLE

Du liebe, gute Schwester, sag, kannst du mir verzeih'n?
Ich war so frei und zog dich unrühmlich mit hinein.
In äußerster Bedrängnis hab' ich mir heute nacht,
Weil sonst kein Ausweg blieb, ein böses Spiel erdacht;
Dein gutes Beispiel sollte mich frei von derlei halten,
Doch konnte ich mich nie so frei wie du entfalten.
zu Sganarell

Bei Ihnen such' ich nicht Verzeihung für das Spiel.
Indem Sie mich verlieren, gewinnen Sie ja viel,
Der Himmel schuf uns beide nicht als ein Ehepaar,
Ich merkte, daß ich Ihrer gewiß nicht würdig war;
Drum will ich einem andern, der mir sein Herz verspricht,
Nicht Ihnen angehören – denn Sie verdien' ich nicht.

VALÈRE *zu Sganarell*

Ich weihe, was ich bin und habe, dem Verlangen,
Um sie aus Ihren Händen, mein Herr, nun zu empfangen.

ARISTE *zu Sganarell*

Nun wappne dich, mein Bruder, mit Nachsicht und Geduld,
Die Suppe auszulöffeln; du trägst nur selbst die Schuld;
Dein Schicksal ist so kläglich, daß drob mein Herz fast birst,
Da du, wiewohl betrogen, nun nicht bedauert wirst.

LISETTE

Doch aufrichtig bedankt – denn das, was hier geschah,
Steht nun für alle Zeiten als großes Beispiel da.

LÉONOR

Verdient das Beispiel Dank? – Das hieße ja, es adeln,
Doch sein Ergebnis kann ich beim besten Willen nicht tadeln.

ERGASTE

Daß er betrogen wird, ist ihm vorherbestimmt,
Wohl ihm und dank dem Himmel, der ihm den Anlaß nimmt.

SGANARELL

Ich kann mich kaum erholen, ich bin noch wie erschlagen,
Verrat, Betrug und List – was soll ich dazu sagen?
Nein, diese Intrigantin, erst schamlos, dann voll Hohn,
Sie übertrifft sogar den Satan in Person.
Ins Feuer hätte ich für sie die Hand gelegt ...
Weh jedem, der zu Frauen noch je Vertrauen hegt!
Die allerbeste selbst wird eifrig Böses stiften,
Die Weiber sind geschaffen, die Menschheit zu vergiften.
Dem gräßlichen Geschlecht entsage ich hinfort,
Ich wünsche es zur Hölle, dort ist's am rechten Ort!

ERGASTE

Gut.

ARISTE

Kommen Sie, Valère, kommt auch, ihr anderen, alle!
wendet sich seinem Haus zu, die anderen folgen
Und morgen heilen wir das Toben seiner Galle.

LISETTE *ad spectatores*

Und wollt ihr in der Ehe viel Licht und wenig Schatten,
Schickt sie in unsere Schule, die bösen Ehegatten!

Molières Komödien in sieben Einzelbänden

Herausgegeben und neu übertragen von Hans Weigel

Der Wirrkopf
Die lächerlichen Schwärmerinnen
Sganarell oder Der vermeintlich Betrogene
detebe 20199

Die Schule der Frauen
Kritik der ›Schule der Frauen‹
Die Schule der Ehemänner
detebe 20200

Tartuffe oder Der Betrüger
Der Betrogene oder George Dandin
Vorspiel in Versailles
detebe 20201

Don Juan oder Der steinerne Gast
Die Lästigen
Der Arzt wider Willen
detebe 20202

Der Menschenfeind
Die erzwungene Heirat
Die gelehrten Frauen
detebe 20203

Der Geizige
Der Bürger als Edelmann
Der Herr aus der Provinz
detebe 20204

Der eingebildete Kranke
Die Gaunereien des Scappino
Mit einer Chronologie und einem Nachwort des Herausgebers. detebe 20205

Als Ergänzungsband liegt vor:

Über Molière
Zeugnisse, über Molière auf der Bühne, über Molière in deutscher Übersetzung von Audiberti, Anouilh, Baudelaire, Börne, Brecht, Elisabeth Brock-Sulzer, Bulgakow, Cocteau, Flaubert, Friedell, Gide, Goethe, Georg Hensel, Hofmannsthal, Jean Paul, Louis Jouvet, Klabund, Lessing, Th. Mann, Proust, A. W. Schlegel, Schopenhauer, Jürgen v. Stackelberg, Stanislawski, Voltaire, Hans Weigel u.a. Chronik und Bibliographie.
detebe 20067

Französische Literatur im Diogenes Verlag

Honoré de Balzac

Die tödlichen Wünsche. Roman. Deutsch von Emil A. Rheinhardt. detebe 20901
Die Frau von dreißig Jahren. Roman. Deutsch von Erich Noether. detebe 20902
Eugenie Grandet. Roman. Deutsch von Mira Koffka. detebe 20903
Vater Goriot. Roman. Deutsch von Rosa Schapire. detebe 20904
Verlorene Illusionen. Roman. Deutsch von Otto Flake. detebe 20905
Glanz und Elend der Kurtisanen. Roman. Deutsch von Emil A. Rheinhardt. detebe 20906
Zwei Frauen. Roman. Deutsch von Gabrielle Betz. detebe 20907
Junggesellenwirtschaft. Roman. Deutsch von Franz Hessel. detebe 20908
Tante Lisbeth. Roman. Deutsch von Paul Zech. detebe 20909
Vetter Pons. Roman. Deutsch von Otto Flake. detebe 20910
Pariser Geschichten. Deutsch von Otto Flake. detebe 20896
Liebesgeschichten. Ausgewählt von Auguste Amédée de Saint-Gall. Verschiedene Übersetzer. detebe 20897
Mystische Geschichten. Verschiedene Übersetzer. detebe 20899
Das ungekannte Meisterwerk. Erzählungen. Deutsch von Heinrich E. Jacob und Hete Maass. detebe 20477
Das Mädchen mit den Goldaugen. Erzählung Mit einem Nachwort von Stefan Zweig Deutsch von Victor von Koczian. detebe 21447

Als Ergänzungsband liegt vor:
André Maurois
Das Leben des Honoré Balzac. Eine Biographie. Deutsch von Ernst Sander und Bruno Berger. detebe 21297

Charles Baudelaire

Die Tänzerin Fanfarlo und Der Spleen von Paris. Sämtliche Prosadichtungen in einem Band. Deutsch von Walther Küchler. detebe 20387
Die Blumen des Bösen. Gedichte. Deutsch von Terese Robinson. detebe 20999

P.A.F. Choderlos de Laclos

Gefährliche Liebschaften. Roman. Deutsch von Franz Blei. Mit einem Nachwort von Renate Briesemeister. detebe 21271

Charles de Coster

Die Geschichte von Ulenspiegel. Roman. Deutsch von Karl Wolfskehl. Mit einem Nachwort von Peter Müller. detebe 21269

Philippe Djian

Betty Blue. 37,2° am Morgen. Roman. Deutsch von Michael Mosblech. Leinen
Erogene Zone. Roman. Deutsch von Michael Mosblech. Leinen

Alexandre Dumas Père

Horror in Fontenay. Roman. Deutsch von Alexander Schmitz. detebe 20367

Erckmann-Chatrian

Es lebe der Kaiser. Geschichte eines Rekruten aus den Napoleonischen Kriegen. Roman. Vorwort von V.S. Pritchett. Deutsch von J. von Harten, K. Henniger und Tatjana Fischer. detebe 21199

Gustave Flaubert

Jugendwerke. Erste Erzählungen. Übersetzt und herausgegeben von Traugott König
November. Jugendwerke II. Übersetzt und herausgegeben von Traugott König
Briefe. Ausgewählt und übersetzt von Helmut Scheffel. detebe 20386
Madame Bovary. Roman. Deutsch von René Schickele und Irene Riesen. detebe 20721
Salammbô. Roman. Deutsch von Friedrich von Oppeln-Bronikowski. detebe 20722
Die Erziehung des Herzens. Roman. Deutsch von E. A. Rheinhardt. detebe 20723
Die Versuchung des heiligen Antonius. Deutsch von Felix Paul Greve. detebe 20719
Drei Geschichten. Deutsch von E. W. Fischer. detebe 20724
Bouvard und Pécuchet. Roman. Deutsch von Erich Marx. detebe 20725

Als Ergänzungsband liegt vor:
Über Gustave Flaubert. Zeugnisse und Essays. Herausgegeben von Gerd Haffmans und Franz Cavigelli. detebe 20726

Ein französisches Hexameron

Sechzig alte französische Novellen und Schwänke, ausgewählt, übertragen und mit einem Nachwort versehen von Walter Widmer. detebe 21392

Victor Hugo

Der letzte Tag eines Verurteilten. Deutsch und Vorwort von W. Scheu. detebe 21234

Der Glöckner von Notre Dame. Roman Deutsch von Philipp Wanderer. Mit einem Nachwort von Arthur von Riha detebe 21290
Fantine. Die Elenden I. detebe 21438
Cosette. Die Elenden II. detebe 21439
Marius. Die Elenden III. detebe 21440
Eponine. Die Elenden IV. detebe 21441
Jean Valjean. Die Elenden V. detebe 21442
Das Teufelsschiff. Roman. Deutsch von Hans Kauders. Mit einem Nachwort von André Maurois. detebe 21549

Joris-Karl Huysmans

Gegen den Strich. Roman. Deutsch von Hans Jacob. Einführung von Robert Baldick Essay von Paul Valéry. detebe 20921
Tief unten. Roman. Deutsch von Gustav Gugitz. Mit einem Nachwort von Manfred Ach. detebe 21446

Maurice Leblanc

Arsène Lupin – Der Gentleman-Gauner Roman. Deutsch von Erika Gebühr detebe 20127
Die hohle Nadel oder Die Konkurrenten des Arsène Lupin. Deutsch von Erika Gebühr detebe 20239
813 – Das Doppelleben des Arsène Lupin Roman. Deutsch von Erika Gebühr detebe 20931
Der Kristallstöpsel oder Die Mißgeschicke des Arsène Lupin. Roman. Deutsch von Erika Gebühr. detebe 20932
Die Gräfin von Cagliostro oder Die Jugend des Arsène Lupin. Roman. Deutsch von Erika Gebühr. detebe 20933
Arsène Lupin kontra Herlock Sholmes Roman. Deutsch von Erika Gebühr detebe 21026
Die Insel der 30 Särge. Roman. detebe 21198
Die Uhr schlägt achtmal. Roman. Deutsch von Erika Gebühr. detebe 21254

Gaston Leroux

Das Geheimnis des gelben Zimmers. Roman. Deutsch von Klaus Walther. detebe 20924

Guy de Maupassant

Das Haus Tellier. Erzählungen. Deutsch von Georg von der Vring. detebe 21078
Hoch zu Roß. Erzählungen. Deutsch von Georg von der Vring. detebe 21079
Mamsell Fifi. Erzählungen. Deutsch von Walter Widmer. detebe 21080
Die kleine Roque. Erzählungen. Deutsch von Walter Widmer. detebe 21116
Mein Freund Patience. Erzählungen. Deutsch von Walter Widmer. detebe 21115

Prosper Mérimée

Carmen. Novelle. Deutsch von Arthur Schurig. detebe 21188
Die Venus von Ille. Novellen. Deutsch von Arthur Schurig. detebe 21246
Eine tragische Liebschaft. Novellen. Deutsch von Arthur Schurig. detebe 21247

Molière

Komödien und Materialien in 8 Einzelbänden in der Neuübersetzung von Hans Weigel:
Der Wirrkopf / Die lächerlichen Schwärmerinnen / Sganarell oder Der vermeintliche Betrogene. detebe 20199
Die Schule der Frauen / Kritik der ›Schule der Frauen‹ / Die Schule der Ehemänner detebe 20200
Tartuffe oder Der Betrüger / Der Betrogene oder George Dandin / Vorspiel in Versailles detebe 20201
Don Juan oder Der steinerne Gast / Die Lästigen / Der Arzt wider Willen. detebe 20202
Der Menschenfeind / Die erzwungene Heirat Die gelehrten Frauen. detebe 20203
Der Geizige / Der Bürger als Edelmann Der Herr aus der Provinz. detebe 20204
Der eingebildete Kranke / Die Gaunereien des Scappino. detebe 20205

Als Ergänzungsband liegt vor:
Über Molière. Zeugnisse, Essays und Aufsätze von Anouilh bis Voltaire. Mit Chronik und Bibliographie. Herausgegeben von Christian Strich, Rémy Charbon und Gerd Haffmans. detebe 20067

Michel de Montaigne

Zum Zeitvertreib und um die Phantasie zu tummeln. Aus den Essais gezogen von Karl Bernhard. detebe 21282

Als Ergänzungsband liegt vor:
Wilhelm Weigand
Michel de Montaigne. Eine Biographie detebe 21283

Ernest Renan

Das Leben Jesu. Autorisierte Übersetzung von 1863. detebe 20419

Jean Renoir

Die Spielregel. Drehbuch mit Fotos. Deutsch von Angela von Hagen. detebe 20434
Die große Illusion. Drehbuch mit Fotos. Deutsch von Angela von Hagen detebe 20435
Mein Vater Auguste Renoir. Ein Bericht Deutsch von Sigrid Stahlmann kunst-detebe 26024

● Denis de Rougemont

Die Liebe und das Abendland. Deutsch von Friedrich Scholz. detebe 21462

● Maurice Sandoz

Am Rande. Unheimliche Erzählungen
Deutsch von Gertrud Droz-Rüegg
detebe 20739

● Georges Simenon

Neuedition in Einzelbänden. Bisher liegen vor:

Intime Memoiren und Das Buch von Marie-Jo. Deutsch von Hans-Joachim Hartstein, Claus Sprick, Guy Montag und Linde Birk
detebe 21216

Stammbaum. Pedigree. Autobiographischer Roman. Deutsch von Hans-Joachim Hartstein detebe 21217

Briefwechsel. Georges Simenon – André Gide. Deutsch von Stefanie Weiss. Leinen

Simenon auf der Couch. Fünf Ärzte verhören den Autor sieben Stunden lang. Deutsch von Irène Kuhn. Broschur

Die Pfeife Kleopatras. Reportagen aus aller Welt. Deutsch von Guy Montag
detebe 21223

Zahltag in einer Bank. Reportagen aus Frankreich. Deutsch von Guy Montag
detebe 21224

Über Simenon. Zeugnisse und Essays von Patricia Highsmith bis Alfred Andersch. Mit einem Interview, Chronik und Bibliographie. Herausgegeben von Claudia Schmölders und Christian Strich. detebe 20499

Das Georges Simenon Lesebuch. Herausgegeben von Daniel Keel. detebe 20500

Brief an meinen Richter. Roman. Deutsch von Hansjürgen Wille und Barbara Klau
detebe 20371

Der Schnee war schmutzig. Roman. Deutsch von Willi A. Koch. detebe 20372

Die grünen Fensterläden. Roman. Deutsch von Alfred Günther. detebe 20373

Im Falle eines Unfalls. Roman. Deutsch von Hansjürgen Wille und Barbara Klau.
detebe 20374

Sonntag. Roman. Deutsch von Hansjürgen Wille und Barbara Klau. detebe 20375

Bellas Tod. Roman. Deutsch von Elisabeth Serelmann-Küchler. detebe 20376

Der Mann mit dem kleinen Hund. Roman. Deutsch von Stefanie Weiss. detebe 20377

Drei Zimmer in Manhattan. Roman
Deutsch von Linde Birk. detebe 20378

Die Großmutter. Roman. Deutsch von Linde Birk. detebe 20379

Der kleine Mann von Archangelsk. Roman. Deutsch von Alfred Kuoni. detebe 20584

Der große Bob. Roman. Deutsch von Linde Birk. detebe 20585

Die Wahrheit über Bébé Donge. Roman. Deutsch von Renate Nickel. detebe 20586

Tropenkoller. Roman. Deutsch von Annerose Melter. detebe 20673

Ankunft Allerheiligen. Roman. Deutsch von Eugen Helmlé. detebe 20674

Der Präsident. Roman. Deutsch von Renate Nickel. detebe 20675

Der kleine Heilige. Roman. Deutsch von Trude Fein. detebe 20676

Der Outlaw. Roman. Deutsch von Liselotte Julius. detebe 20677

Die Glocken von Bicêtre. Roman. Neu übersetzt von Angela von Haben. detebe 20678

Der Verdächtige. Roman. Deutsch von Eugen Helmlé. detebe 20679

Die Verlobung des Monsieur Hire. Roman. Deutsch von Linde Birk. detebe 20681

Der Mörder. Roman. Deutsch von Lothar Baier. detebe 20682

Die Zeugen. Roman. Deutsch von Anneliese Botond. detebe 20683

Die Komplizen. Roman. Deutsch von Stefanie Weiss. detebe 20684

Die Unbekannten im eigenen Haus. Roman. Deutsch von Gerda Scheffel. detebe 20685

Der Ausbrecher. Roman. Deutsch von Erika Tophoven. detebe 20686

Wellenschlag. Roman. Deutsch von
Eugen Helmlé. detebe 20687

Der Mann aus London. Roman. Deutsch von Stefanie Weiss. detebe 20813

Die Überlebenden der Télémaque. Roman. Deutsch von Hainer Kober. detebe 20814

Der Mann, der den Zügen nachsah. Roman. Deutsch von Walter Schürenberg.
detebe 20815

Zum Weißen Roß. Roman. Deutsch von Trude Fein. detebe 20986

Der Tod des Auguste Mature. Roman
Deutsch von Anneliese Botond. detebe 20987

Die Fantome des Hutmachers. Roman. Deutsch von Eugen Helmlé. detebe 21001

Die Witwe Couderc. Roman. Deutsch von Hans Grössel. detebe 21002

Schlußlichter. Roman. Deutsch von Stefanie Weiss. detebe 21010

Die schwarze Kugel. Roman. Deutsch von Renate Nickel. detebe 21011

Die Brüder Rico. Roman. Deutsch von
Angela von Hagen. detebe 21020

Der kleine Doktor. Erzählungen. Deutsch von Hansjürgen Wille und Barbara Klau
detebe 21025

Antoine und Julie. Roman. Deutsch von
Eugen Helmlé. detebe 21047

Betty. Roman. Deutsch von Raymond Regh
detebe 21057
Der Neger. Roman. Deutsch von Linde Birk
detebe 21118
Die Tür. Roman. Deutsch von Linde Birk
detebe 21114
Das blaue Zimmer. Roman. Deutsch von Angela von Hagen. detebe 21121
Der Bürgermeister von Furnes. Roman
Deutsch von Hans Grössel. detebe 21209
Es gibt noch Haselnußsträucher. Roman
Deutsch von Angela von Hagen
detebe 21192
Das Testament Donadieu. Roman. Deutsch von Eugen Helmlé. detebe 21256
Der Untermieter. Roman. Deutsch von Ralph Eue. detebe 21255
Emil und sein Schiff. Erzählungen. Deutsch von Angela von Hagen und Linde Birk
detebe 21318
Exotische Novellen. Deutsch von Annerose Melter. detebe 21285
Die Leute gegenüber. Roman. Deutsch von Hans-Joachim Hartstein. detebe 21273
Die schwanzlosen Schweinchen. Erzählungen
Deutsch von Linde Birk. detebe 21284
Weder ein noch aus. Roman. Deutsch von Elfriede Riegler. detebe 21304
Auf großer Fahrt. Roman. Deutsch von Angela von Hagen. detebe 21327
Der Bericht des Polizisten. Roman. Deutsch von Markus Jakob. detebe 21328
Die Zeit mit Anaïs. Roman. Deutsch von Ursula Vogel. detebe 21329
Die Katze. Roman. Deutsch von Angela von Hagen. detebe 21378
Der Passagier der Polarlys. Roman. Deutsch von Stephanie Weiss. detebe 21377
Die Schwarze von Panama. Roman. Deutsch von Ursula Vogel. detebe 21424
Das Gasthaus im Elsaß. Roman. Deutsch von Angela von Hagen. detebe 21425
Das Haus am Kanal. Roman. Deutsch von Ursula Vogel. detebe 21426
Der Zug. Roman. Deutsch von Trude Fein
detebe 21480
Striptease. Roman. Deutsch von Angela von Hagen. detebe 21481
45° im Schatten. Roman. Deutsch von Angela von Hagen. detebe 21482
Die Eisentreppe. Roman. Deutsch von Angela von Hagen. detebe 21557
Das Fenster der Rouets. Roman. Deutsch von Stephanie Weiss. detebe 21558
Die bösen Schwestern von Concarneau
Roman. Deutsch von Ingrid Altrichter
detebe 21559
Weihnachten mit Maigret. Zwei Romane und eine Erzählung. Leinen

Maigrets erste Untersuchung. Roman
Deutsch von Roswitha Plancherel.
detebe 20501
Maigret und Pietr der Lette. Roman. Deutsch von Wolfram Schäfer. detebe 20502
Maigret und die alte Dame. Roman. Deutsch von Renate Nickel. detebe 20503
Maigret und der Mann auf der Bank. Roman
Deutsch von Annerose Melter. detebe 20504
Maigret und der Minister. Roman. Deutsch von Annerose Melter. detebe 20505
Mein Freund Maigret. Roman. Deutsch von Annerose Melter. detebe 20506
Maigrets Memoiren. Roman. Deutsch von Roswitha Plancherel. detebe 20507
Maigret und die junge Tote. Roman. Deutsch von Raymond Regh. detebe 20508
Maigret amüsiert sich. Roman. Deutsch von Renate Nickel. detebe 20509
Hier irrt Maigret. Roman. Deutsch von Elfriede Riegler. detebe 20690
Maigret und der gelbe Hund. Roman
Deutsch von Raymond Regh. detebe 20691
Maigret vor dem Schwurgericht. Roman. Deutsch von Wolfram Schäfer. detebe 20692
Maigret als möblierter Herr. Roman
Deutsch von Wolfram Schäfer. detebe 20693
Madame Maigrets Freundin. Roman. Deutsch von Roswitha Plancherel. detebe 20713
Maigret kämpft um den Kopf eines Mannes. Roman. Deutsch von Roswitha Plancherel.
detebe 20714
Maigret und die kopflose Leiche. Roman. Deutsch von Wolfram Schäfer. detebe 20715
Maigret und die widerspenstigen Zeugen. Roman. Deutsch von Wolfram Schäfer.
detebe 20716
Maigret am Treffen der Neufundlandfahrer. Roman. Deutsch von Annerose Melter.
detebe 20717
Maigret bei den Flamen. Roman. Deutsch von Claus Sprick. detebe 20718
Maigret und die Bohnenstange. Roman. Deutsch von Guy Montag. detebe 20808
Maigret und das Verbrechen in Holland. Roman. Deutsch von Renate Nickel
detebe 20809
Maigret und sein Toter. Roman. Deutsch von Elfriede Riegler. detebe 20810
Maigret beim Coroner. Roman. Deutsch von Wolfram Schäfer. detebe 20811
Maigret, Lognon und die Gangster. Roman. Deutsch von Wolfram Schäfer. detebe 20812
Maigret und der Gehängte von Saint-Pholien. Roman. Deutsch von Sibylle Powell
detebe 20816
Maigret und der verstorbene Monsieur Gallet. Roman. Deutsch von Roswitha Plancherel. detebe 20817

Maigret regt sich auf. Roman. Deutsch von Wolfram Schäfer. detebe 20820
Maigret und das Schattenspiel. Roman. Deutsch von Claus Sprick. detebe 20734
Maigret und die Keller des Majestic. Roman. Deutsch von Linde Birk. detebe 20735
Maigret contra Picpus. Roman. Deutsch von Hainer Kober. detebe 20736
Maigret läßt sich Zeit. Roman. Deutsch von Sibylle Powell. detebe 20755
Maigrets Geständnis. Roman. Deutsch von Roswitha Plancherel. detebe 20756
Maigret zögert. Roman. Deutsch von Annerose Melter. detebe 20757
Maigret und der Treidler der »Providence«. Roman. Deutsch von Claus Sprick. detebe 21029
Maigrets Nacht an der Kreuzung. Roman Deutsch von Annerose Melter. detebe 21050
Maigret hat Angst. Roman. Deutsch von Elfriede Riegler. detebe 21062
Maigret erlebt eine Niederlage. Roman Deutsch von Elfriede Riegler. detebe 21120
Maigret gerät in Wut. Roman. Deutsch von Wolfram Schäfer. detebe 21113
Maigret verteidigt sich. Roman. Deutsch von Wolfram Schäfer. detebe 21117
Maigret und der geheimnisvolle Kapitän Roman. Deutsch von Annerose Melter detebe 21180
Maigret und die alten Leute. Roman Deutsch von Annerose Melter. detebe 21200
Maigret und das Dienstmädchen. Roman Deutsch von Hainer Kober. detebe 21220
Maigret im Haus des Richters. Roman Deutsch von Liselotte Julius. detebe 21238
Maigret und der Fall Nahour. Roman Deutsch von Sibylle Powell. detebe 21250
Maigret und der Samstagsklient. Roman Deutsch von von Angelika Hildebrandt-Essig. detebe 21295
Maigret in New York. Roman. Deutsch von Bernhard Jolles. detebe 21308
Maigret und die Affäre Saint-Fiacre. Roman. Deutsch von Werner De Haas. detebe 21373
Sechs neue Fälle für Maigret. Erzählungen Deutsch von Elfriede Riegler. detebe 21375
Maigret stellt eine Falle. Roman. Deutsch von Angela von Hagen. detebe 21374
Maigret in der Liberty Bar. Roman. Deutsch von Angela von Hagen. detebe 21376
Maigret und der Spion. Roman. Deutsch von Hainer Kober. detebe 21427
Maigret und die kleine Landkneipe. Roman Deutsch von Bernhard Jolles und Heide Bideau. detebe 21428
Maigret und der Verrückte von Bergerac Roman. Deutsch von Hainer Kober detebe 21429
Maigret, die Tänzerin und die Gräfin. Roman Deutsch von Hainer Kober. detebe 21484
Maigret macht Ferien. Roman. Deutsch von Markus Jakob. detebe 21485
Maigret und der hartnäckigste Gast der Welt Erzählungen. Deutsch von Linde Birk und Ingrid Altrichter. detebe 21486
Maigret verliert eine Verehrerin. Roman Deutsch von Ingrid Altrichter. detebe 21521
Maigret in Nöten. Roman. Deutsch von Markus Jakob. detebe 21522
Maigret und sein Rivale. Roman. Deutsch von Ingrid Altrichter. detebe 21523
Maigret und die schrecklichen Kinder. Roman Deutsch von Paul Celan. detebe 21574
Maigret und sein Jugendfreund. Roman Deutsch von Ingrid Altrichter. detebe 21575
Maigret und sein Revolver. Roman. Deutsch von Markus Jakob. detebe 21576

● Stendhal

Denkwürdigkeiten über Napoleon. Fragmente. Deutsch von S. Adler. detebe 20966
Über die Liebe. Deutsch von Franz Hessel. detebe 20967
Armance. Roman. Deutsch von A. Elsaesser. detebe 20968
Rot und Schwarz. Roman. Deutsch von Rudolf Lewy. detebe 20969
Eine Geldheirat. Erzählungen. Deutsch von Arthur Schurig, Franz Hessel, Franz Blei und Otto von Gemmingen. detebe 20970
Die Äbtissin von Castro. Erzählungen Deutsch von M. von Musil und Franz Blei. detebe 20971
Lucian Leuwen. Romanfragment. Deutsch von Joachim von der Goltz. detebe 20972
Leben des Henri Brulard. Autobiographie. Deutsch von Adolf Schirmer. detebe 20973
Die Kartause von Parma. Roman. Deutsch von Erwin Rieger. detebe 20974
Amiele. Romanfragment. Deutsch von Arthur Schurig. detebe 20975

Als Ergänzungsband liegt vor:
Über Stendhal. Essays und Zeugnisse. Mit Chronik und Bibliographie. Herausgegeben von Irene Riesen. detebe 20976

● Roland Topor

Der schönste Busen der Welt. Geschichten Deutsch von Ursula Vogel und Lislott Pfaff Leinen
Leonardo hat's gewußt. Ein Drama. Deutsch von Peter Fleischmann. Broschur
Memoiren eines alten Arschlochs. Roman. Deutsch von Eugen Helmlé. detebe 20775
Der Mieter. Roman. Deutsch von Wolfram Schäfer. detebe 20358

Tomi Ungerer

Basil Ratzki. Eine Fabel. Deutsch von Otto Jägersberg. detebe 21132
Heute hier, morgen fort. Deutsch von Hans-Joachim Hartstein. Diogenes Kunstbuch

Vercors

Das Schweigen des Meeres. Erzählung. Deutsch von Kurt Stern und Werner De Haas. detebe 21288

Jules Verne

Die Hauptwerke, ungekürzt, originalgetreu, mit allen Stichen der französischen Erstausgabe. Bisher liegen vor:
Reise um die Erde in achtzig Tagen. Roman. Deutsch von Erich Fivian. detebe 20126
Fünf Wochen im Ballon. Roman. Deutsch von Felix Gasbarra. detebe 20241
Von der Erde zum Mond. Roman. Deutsch von William Matheson. detebe 20242
Reise um den Mond. Roman. Deutsch von Ute Haffmans. detebe 20243
Zwanzigtausend Meilen unter Meer. Roman in zwei Bänden. Deutsch von Peter Laneus und Peter G. Hubler. detebe 20244 + 20245
Reise zum Mittelpunkt der Erde. Roman. Deutsch von Hansjürgen Wille und Barbara Klau. detebe 20246
Der Kurier des Zaren. Roman in zwei Bänden. Deutsch von Karl Wittlinger. detebe 20401 + 20402
Die fünfhundert Millionen der Begum. Roman. Deutsch von Erich Fivian. detebe 20403
Die Kinder des Kapitäns Grant. Roman in zwei Bänden. Deutsch von Walter Gerull. detebe 20404 + 20405
Die Erfindung des Verderbens. Roman. Deutsch von Karl Wittlinger. detebe 20406
Die Leiden eines Chinesen in China. Roman. Deutsch von Erich Fivian. detebe 20407
Das Karpathenschloß. Roman. Deutsch von Hansjürgen Wille und Barbara Klau. detebe 20408
Die Gestrandeten. Roman in zwei Bänden. Deutsch von Karl Wittlinger. detebe 20409 + 20410
Der ewige Adam. Erzählungen. Deutsch von Erich Fivian. detebe 20411
Robur der Eroberer. Roman. Deutsch von Peter Laneus. detebe 20412
Zwei Jahre Ferien. Ein Abenteuerroman. Deutsch von Erika Gebühr. Mit 91 Illustrationen von Benett und einer Karte detebe 20440
Das erstaunliche Abenteuer der Expedition Barsac. Roman. Deutsch von Eva Rechel-Mertens. detebe 21237
Die Insel der Milliardäre. Roman. Deutsch von Ute Haffmans. detebe 21243
Die Eissphinx. Roman. Deutsch von Hans-Jürgen Wille und Barbara Klau. detebe 21268
Die großen Seefahrer und Entdecker. Eine Geschichte der Entdeckung der Erde im 18. und 19. Jahrhundert. detebe 21401

François Villon

Lieder und Balladen. Das kleine Testament, Die Balladen, Das große Testament. Ins Deutsche übertragen und mit einem biographischen Anhang von K.L. Ammer. detebe 21494

Ambroise Vollard

Erinnerungen eines Kunsthändlers. Deutsch von Margaretha Freifrau von Reischach-Scheffel. Reproduktionen von 29 Bildern, 22 Zeichnungen, 10 Fotos und 15 Dokumenten. kunst-detebe 26022

Voltaire

Gedanken regieren die Welt. Auswahl und Übersetzung von Candida Kraus detebe 21553

Das Diogenes Lesebuch französischer Erzähler

Von Stendhal bis Simenon. Herausgegeben von Anne Schmucke und Gerda Lheureux. detebe 20304

Liebesgeschichten aus Frankreich

Von Marquis de Sade bis Georges Simenon. Herausgegeben von Anne Schmucke und Gerda Lheureux. Diogenes Evergreens
Auch als detebe 21251

Anton Čechov im Diogenes Verlag

● Das dramatische Werk

Neuübersetzung und -edition von Peter Urban: jeder Band bringt den unzensurierten, integralen, neutranskribierten Text und einen Anhang mit allen Lesarten und Textvarianten, mit Auszügen aus Čechovs Notizbüchern, Anmerkungen und einem editorischen Bericht.

Die Möwe
Komödie in vier Akten. detebe 20091

Der Waldschrat
Komödie in vier Akten. detebe 20084

Der Kirschgarten
Komödie in vier Akten. detebe 20083

Onkel Vanja
Szenen aus dem Landleben in vier Akten. detebe 20093

Ivanov
Drama in vier Akten. detebe 20102

Drei Schwestern
Drama in vier Akten. detebe 20103

Platonov
Das ›Stück ohne Titel‹ in vier Akten und fünf Bildern. detebe 20104

Sämtliche Einakter
detebe 20801

● Das erzählende Werk

Übersetzungen von Gerhard Dick, Wolf Düwel, Ada Knipper, Hertha von Schulz, Michael Pfeiffer, Georg Schwarz und Peter Urban. Neutranskribiert, mit Anmerkungen und Nachweis der Erstveröffentlichungen von Peter Urban.

Ein unbedeutender Mensch
Erzählungen 1883–1885. detebe 20261

Gespräch eines Betrunkenen mit einem nüchternen Teufel
Erzählungen 1886. detebe 20262

Die Steppe
Erzählungen 1887–1888. detebe 20263

Flattergeist
Erzählungen 1888–1892. detebe 20264

Rothschilds Geige
Erzählungen 1893–1896. detebe 20265

Die Dame mit dem Hündchen
Erzählungen 1897–1903. detebe 20266

Eine langweilige Geschichte
Das Duell
Kleine Romane I. detebe 20267

Krankenzimmer Nr. 6
Erzählung eines Unbekannten
Kleine Romane II. detebe 20268

Drei Jahre · Mein Leben
Kleine Romane III. detebe 20269

Die Insel Sachalin
Ein Reisebericht. detebe 20270

Das Drama auf der Jagd
Eine wahre Begebenheit. detebe 21379

● Briefe

in 5 Bänden. Die größte nicht-russische Briefausgabe in der Neuübersetzung und -edition von Peter Urban. Jeder Band enthält Faksimiles, einen umfangreichen Anhang mit editorischem Bericht, Anmerkungen und einer Chronik; im letzten Band zusätzlich ein Personen- und Werkregister. Leinen
Auch als detebe 21064-21068

● Tagebücher Notizbücher

Herausgegeben und vollständig neu übersetzt von Peter Urban. Mit Vorwort, editorischem Bericht, ausführlichen Anmerkungen und Personenregister. Leinen

● Čechov-Chronik

Daten zu Leben und Werk, zusammengestellt von Peter Urban. Mit Nachwort, ausführlicher Bibliographie und Register. Leinen

● Anton Čechov
Sein Leben in Bildern
Herausgegeben von Peter Urban. Über 700 Abbildungen, mit einem Anhang, einer Zeittafel und einem Personenregister. Leinen

● Denken mit Čechov
Ein Almanach auf alle Tage, zusammengestellt von Peter Urban. Diogenes Evergreens

● Das Čechov Lesebuch
Herausgegeben, kommentiert und mit einem Vorwort von Peter Urban
detebe 21245

● Über Čechov
Herausgegeben von Peter Urban
detebe 21244

Friedrich Dürrenmatt im Diogenes Verlag

● Das dramatische Werk

Achterloo. Komödie. Leinen
Es steht geschrieben / Der Blinde. Frühe Stücke. detebe 20831
Romulus der Große. Ungeschichtliche historische Komödie. Fassung 1980. detebe 20832
Die Ehe des Herrn Mississippi. Komödie und Drehbuch. Fassung 1980. detebe 20833
Ein Engel kommt nach Babylon. Fragmentarische Komödie. Fassung 1980. detebe 20834
Der Besuch der alten Dame. Tragische Komödie. Fassung 1980. detebe 20835
Frank der Fünfte. Komödie einer Privatbank. Fassung 1980. detebe 20836
Die Physiker. Komödie. Fassung 1980 detebe 20837
Herkules und der Stall des Augias / Der Prozeß um des Esels Schatten. Griechische Stücke. Fassung 1980. detebe 20838
Der Meteor / Dichterdämmerung. Nobelpreisträgerstücke. Fassung 1980. detebe 20839
Die Wiedertäufer. Komödie. Fassung 1980 detebe 20840
König Johann / Titus Andronicus. Shakespeare-Umarbeitungen. detebe 20841
Play Strindberg / Porträt eines Planeten Übungsstücke für Schauspieler. detebe 20842
Urfaust / Woyzeck. Bearbeitungen detebe 20843
Der Mitmacher. Ein Komplex. detebe 20844
Die Frist. Komödie. Fassung 1980 detebe 20845
Die Panne. Hörspiel und Komödie detebe 20846
Nächtliches Gespräch mit einem verachteten Menschen / Stranitzky und der Nationalheld / Das Unternehmen der Wega. Hörspiele und Kabarett. detebe 20847

Friedrich Dürrenmatt & Charlotte Kerr
Rollenspiele. Protokoll einer fiktiven Inszenierung und Achterloo III. Leinen

● Das Prosawerk

Minotaurus. Eine Ballade. Mit Zeichnungen des Autors. Pappband
Der Auftrag oder Vom Beobachten des Beobachters der Beobachter. Novelle in vierundzwanzig Sätzen. Leinen
Aus den Papieren eines Wärters. Frühe Prosa detebe 20848
Der Richter und sein Henker / Der Verdacht Kriminalromane. detebe 20849
Der Hund / Der Tunnel / Die Panne. Erzählungen. detebe 20850
Grieche sucht Griechin / Mr. X macht Ferien / Nachrichten über den Stand des Zeitungswesens in der Steinzeit. Grotesken. detebe 20851
Das Versprechen / Aufenthalt in einer kleinen Stadt. Ein Requiem auf den Kriminalroman und ein Fragment. detebe 20852
Der Sturz / Abu Chanifa und Anan Ben David / Smithy / Das Sterben der Pythia. Erzählungen. detebe 20854
Theater. Essays, Gedichte und Reden detebe 20855
Kritik. Kritiken und Zeichnungen detebe 20856
Literatur und Kunst. Essays, Gedichte und Reden. detebe 20857
Philosophie und Naturwissenschaft. Essays, Gedichte und Reden. detebe 20858
Politik. Essays, Gedichte und Reden detebe 20859
Zusammenhänge / Nachgedanken. Essay über Israel. detebe 20860
Der Winterkrieg in Tibet. Stoffe I detebe 21155
Mondfinsternis / Der Rebell. Stoffe II/III detebe 21156
Der Richter und sein Henker. Kriminalroman detebe 21435
Der Verdacht. Kriminalroman. detebe 21436
Justiz. Roman. detebe 21540

● Das zeichnerische Werk

Bilder und Zeichnungen. Mit einer Einleitung von Manuel Gasser. Diogenes Kunstbuch
Die Heimat im Plakat. Ein Buch für Schweizer Kinder. Zeichnungen. kunst-detebe 26026

Außerdem liegen vor:

Die Welt als Labyrinth. Ein Gespräch mit Franz Kreuzer. Broschur
Denken mit Dürrenmatt. Denkanstöße, ausgewählt und zusammengestellt von Daniel Keel. Diogenes Evergreens
Über Friedrich Dürrenmatt. Essays, Zeugnisse und Rezensionen von Gottfried Benn bis Saul Bellow. Chronik und Bibliographie Herausgegeben von Daniel Keel detebe 20861
Elisabeth Brock-Sulzer
Friedrich Dürrenmatt. Stationen seines Werkes. detebe 21388